一片叶子

——自由关东行者博客诗选

赵铁军 著

吉林出版集团股份有限公司
全国百佳图书出版单位

图书在版编目（CIP）数据

一片叶子：自由关东行者博客诗选／赵铁军著. — —
长春：吉林出版集团股份有限公司, 2018.6

ISBN 978 - 7 - 5581 - 5379 - 2

Ⅰ. ①一… Ⅱ. ①赵… Ⅲ. ①诗集 - 中国 - 当代
Ⅳ. ①I227

中国版本图书馆 CIP 数据核字（2018）第 140507 号

一片叶子——自由关东行者博客诗选
YIPIAN YEZI——ZIYOU GUANDOGN XINGZHE BOKE SHIXUAN

著　　者：赵铁军
责任编辑：冯　雪
封面设计：墨知缘
出　　版：吉林出版集团股份有限公司
发　　行：吉林出版集团社科图书有限公司
电　　话：0431 - 86012701
印　　刷：济南精致印务有限公司
开　　本：787mm × 1092mm　1/32
字　　数：150 千字
印　　张：7.75
版　　次：2018 年 8 月第 1 版
印　　次：2018 年 8 月第 1 次印刷
书　　号：ISNB 978 - 7 - 5581 - 5379 - 2
定　　价：30.00 元

生命之叶常青

——序赵铁军诗集《一片叶子》

◎李金平

铁军兄（赵铁军）是退休后才开始诗歌创作的，而且一发不可收，六年时间出版发行了两部诗集，其中2017年由九州出版社出版发行的《先哲的智慧——诗解周易》，是以杂文和诗歌的形式解析《周易》的学术著作。诗歌，一般是年轻人的"专利"，而铁军兄花甲之年诗潮澎湃，确实少见。这得益于铁军兄追赶网络时代潮流，退休后在新浪网开了博客，建立了自媒体，昵称"自由关东行者"。从此，他成为勤奋的网络诗人。

2018年春节前，铁军兄将一部新的诗稿——《一片叶子》送给我，嘱我为其作序。几天来，我认真拜读了诗稿中的全部作品。合上诗稿，浮想联翩，夜不能寐：一个既有当代军人的情怀，又具诗人浪漫气质的铁军；一个铁血柔肠，血肉丰满，情感真挚的铁军；一个曾经一手握着钢枪，一手拿着笔杆的铁军，全方位、立体式的形象呈现在我的面前。

A

一片生命的叶子。

这是品读铁军兄诗作留给我的第一印象。赵铁军，出生在辽北的一个山清水秀的小山村。国立高小毕业的母亲是全村最高学历，也是他文学最初的启蒙老师。受知书达理的母亲影响，他自幼酷爱文学，阅读了大量古典诗文，并从小立志考大学文科，长大当一名作家、记者或诗人。受文革的影响，铁军没能实现大学梦。1969 年冬天，他走出大山，穿上绿色军装，来到绿色军营。他生命的绿叶，在军队这片沃土上，沐浴阳光雨露，茁壮生长，枝繁叶茂，结出丰硕的果实。他被提拔为军官后，先后在团、师、军政治机关担任新闻干事，在《解放军报》、《前进报》等报纸杂志发表了大量的新闻稿件和报告文学作品。他把自己发表的作品剪辑下来寄给在故乡的母亲，也是绿叶对根的最好回报。铁军兄还在部队服役期间圆了大学梦。

从部队转业到地方后，铁军不论是在市委宣传部，还是在市总工会工作，他始终不忘初心，始终没有放下手中的笔杆，直至退休。

退休后的铁军，没有沉湎于棋牌垂钓休闲岁月，也没有加入夕阳红的老年队伍，而是建立自媒体，打开了他与世界交流沟通的一扇窗口。一次，他偶然在博客中看到一位青年诗人的诗作《旧时光》，不由地联系到自己的人生经历，回望故乡的大山、小溪、亲人、乡亲，不禁热泪盈眶……他第一次即兴创作了组诗《山娃子》，在自己的博客上发表，读者反响强烈，受到一致好评。来自读者的鼓励，也坚定了他创作诗歌的自信与勇气。多年积淀在心中的炽热情感如火山喷发，化作一股股诗的熔岩奔涌不息……

B

一片有思想与哲理的叶子。

这是铁军诗集上篇《行者悟语》带给我的启迪。纵览上篇一百多首（篇）散文诗，这些看似随意，信手拈来的感悟，表面上独立成章，各具特色，如原野上绽开一朵朵千姿百态，或深或浅，或白或红，或大或小，或浓或淡，汇聚在一起，却组成一处散发着思想芬芳的精神百花园。也似一组生命的乐章，或舒缓，或激越，或深沉，或高亢，却汇成了一曲人生的交响，激荡着哲理的音符，回响着积极向上的铿锵旋律。这些短章，构成了铁军诗歌的思想体系，无不闪烁着思想的火花，智慧的光芒，倾诉了铁军对人生的感悟和反思。

哲理诗不太好写，太直白容易变成空泛的说教口号，太朦胧晦涩，又不易被众人理解接受。如何把握尺度？成为哲理诗成败的关键。铁军无疑作了许多有益的尝试和探索，他注重选择一些形象、物象、意象融入诗中，使人过目不忘，以达到其审美与寓教的效果。例如："从远处看山／山与山永远不会聚首／永远相对无语／但它们手牵着手／却连接成波澜壮阔的山脉"、"从近处看油画／那只是一片七涂八抹的油彩／当你从一定距离去欣赏／你会惊奇地发现／那是多么美丽的风景啊"（引自《视觉》）。再如《心》："你心中有一缕清风／自然会驱散燥热／你心中有一轮太阳／自然不会害怕暗夜……"透过这一系列形象，抵达了哲理的高度。"蚕耗尽能量吐丝成茧／然后把自己囚禁在茧中/人耗尽心机编织人情网/然后将自己封闭在人情网中/蚕在茧中蜕变成蛾/人在人情网中蜕变成奴隶……"（引自《蚕与茧》）。多么令人警醒的忠告啊，既形象又深刻。铁军还善于捕捉人们司空见惯的事物，把人生的感悟放入最熟悉的生活中，从而使哲理诗有了灵性与温度。如《我的手表》："它伴随我/走过青年/中年/现在/我的手表老了/心脏不再跳动/静静地躺在抽屉里/无声无息/而时间没有停止/我看不到宇宙的时针/却听到它跳动的声音……"

思想的高度，决定了一个作者的作品能走得多远。铁军较好地完成了思想与情感的转换过程，达到了思想与情感的和谐统一，正如俄国伟大作家陀思妥耶夫斯基所言："思想来自情感，也支配着人，化为新的感情。"

铁军的哲理诗。是一片有思想的叶子，在感情的微风中轻轻抖动，沙沙作响……

C

一片流动爱的血脉的叶子。

这是我读铁军兄这部诗集中篇《一片叶子》，下篇《英雄颂》的感悟。铁军作为一名从绿色军营走出的作家、诗人，不仅有战士的铁血豪情，也有理想主义者的柔情。诗的叶脉中不仅辉映着边关的孤烟冷月，也流动着爱的细雨清风。如，《致诗人仓央嘉措》就是一首如泣如诉，讴歌人世间崇高爱情的诵歌。"在静静的青海湖边/我想起一朵圣洁的青莲/你消失在这里/让人们永远怀念/……""你不想修来世/只为在路上与她相伴/……""你曾经问佛/为什么不给她永远美丽的容颜/一朵花的盛开/就意味着凋残/你的爱心/让佛感叹……"深情的吟咏，令人感叹，让人动容。一片云，一只飞鸟，一朵野菊花，都会牵动诗人敏锐的神经，激起心中爱的涟漪。"菊啊/我以为你只是豪门厅堂里的摆设/让你的主人附庸风雅/我的草原之旅/第一次看到你金黄的神韵/一望无际的野菊啊/是野性的自然脉动/我刻骨铭心地记住你……"（引自《菊啊》）。

铁军几首讴歌亲情的诗，也是源自心灵，发自肺腑，令人动容。如《父亲》、《父亲的豆腐坊》、《母亲的石头记》、《姥姥的蓝布印花包》、《油灯》、《背影》、《我的乡愁》等，都有着沉甸甸的分量。

铁军诗的爱的叶脉，不仅流动着亲情、友情和爱情，也凝结着他博大的家国情怀，充满了绿叶对根的追寻与向往。他的《华夏三祖》系列诗，无疑是一组讴歌中华民族先祖的黄钟大吕，气势恢宏，博大精深，展示了铁军丰富的历史知识和文学功底，以及他丰富的人生阅历与深邃的思想内涵。

对英雄的崇拜，对理想主义的追求，则反映了铁军的军人情结，也是他心中大爱的自然流露。如《英雄颂》中的战斗英雄梁士英，《天山雄鹰与马兰草的故事》中的解放军班长，《天使》中的女护士，《白桦林中的足迹》中的杨靖宇，《永远的罗宾汉》中的罗宾汉，就是铁军崇拜与向往的英雄人物。这些英雄的共同特点是，为了他人，为了民族的解放，为了让人民群众过上幸福的生活，勇于奉献和牺牲。时代不同了，但是英雄主义和理想主义之火不会熄灭，也不应该熄灭。军人的价值观书写着两个大字："奉献"。

铁军诗歌的表现手法是现实主义的，没有刻意追赶先锋主义的潮流。叙事诗在诗集中占有一定篇幅，这些诗有主人公，有故事情节，好似诗意的小说。这也是铁军对新诗写作的有益探索。

一叶一世界，一花一如来。铁军的《一片叶子》诗集，以小见大，以微观见宏观，向人们展现了一个丰富多彩、充盈博大的精神空间——一位诗人的情感世界，心路历程。

好在铁军还在前行的路上，我们有理由期待，只要坚持下去，经过不懈努力，一定会创作出更多更好，无愧于伟大时代的锦绣诗篇。

拥有《一片叶子》，便拥有了春天！

愿铁军的生命之叶常青，郁郁葱葱，生机勃勃，春光无限。

以上是为序。

2018 年 3 月 9 日

（作者简介：李金平，男，1954 年 9 月生。中国诗歌协会会员，辽宁省作家协会会员。首席新闻记者，著名诗人。曾获辽宁省好新闻一等奖，鞍山市政府新闻贡献二等奖。出版诗歌集《爱的驿站》、《蓦然回首》、《涛声依旧》、《岁月的咏叹》，新闻散文集《光阴的故事》等。其中，《光阴的故事》、《岁月的咏叹》荣获鞍山市政府颁发的"五个一"工程奖。）

目 录

上篇　行者悟语

中篇 一片叶子

下篇 英雄颂

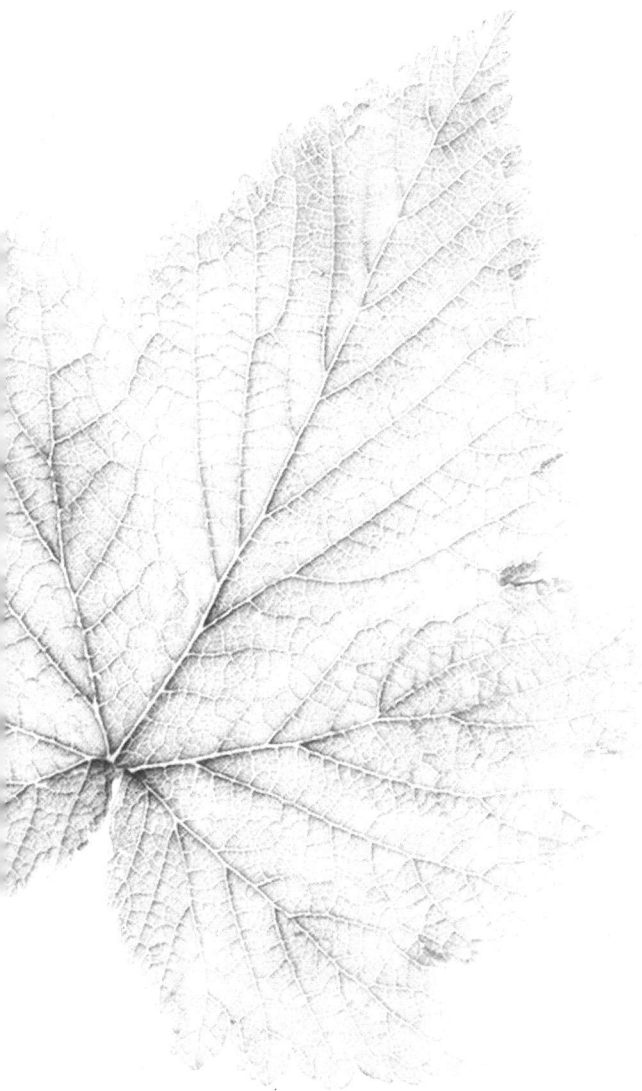

上篇
行者悟语

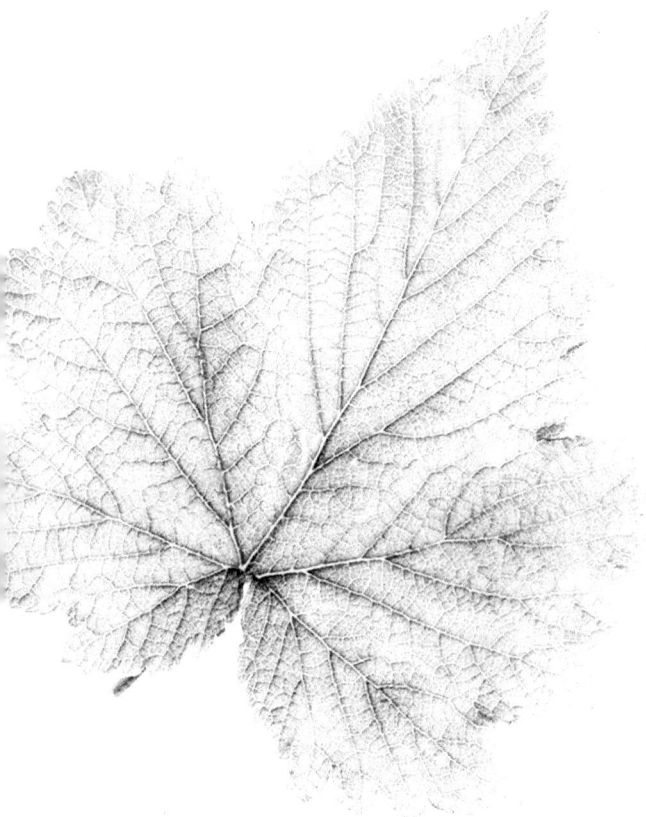

1、我的自白

你最渴求什么？心灵的自由。

你最讨厌什么？自欺和欺人。

你最喜欢的颜色？蓝色。

你最向往什么？大海的博大与宽容。

你的人生奋斗目标？就在这奋斗本身。

什么是你最大的幸福？当我不再自卑的时候。

什么是你最大的痛苦？被朋友误解。

什么是你最大的遗憾？一生碌碌无为。

2、我的感悟

仰首去看高山，我显得太渺小；当我拼力登上山顶，高山在我脚下。

石刻的功德碑，往往速朽；希望速朽的灵魂，反倒在活人心中永生。

时间的指向是未来，历史的指向是过去；人生的指向是一个点——现在。

对于一个人来说，沉默是金；对于一个民族来说，沉默是死亡。

人伴随哭声而生，又伴随哭声而去；在这来去之间，还是笑口常开好。

3、我的座右铭

不是命运决定人生，而是人生决定命运。不要抱怨生活没有给你恩赐，因为付出与回报是等量的。

时间能熔化金铸的钱币，岁月却洗不掉纸印的文字。

4、假如

假如根本没有冬天，你怎么会热爱春天呢？假如你从来没有见过冰封的河流，怎么会因为看到欢快的小溪而惊喜呢？假如没有漫漫长夜，白昼会是什么情景呢？假如没有悲剧让你痛哭，怎么会有喜剧让你捧腹大笑呢？

5、人

人之谓人，是因为人是站起来的精灵；猿之谓猿，是因为猿是站不起来的动物。

可爱的人，在于他的天真；所以，最天真的孩子，也就最可爱。

偶像神欺骗了你，于是你要砸碎一切偶像神；可是，砸不碎的偶像神就在人的心里啊！人修筑了神的祭坛，又砍掉自己的头颅，去做祭坛的牺牲，这是人的悲哀吗？

6、人生

人生是个大舞台，活着犹如演戏，至于这戏演得是否精彩，全看个人的投入。

生即是苦，苦即是生，乐在何处？苦中有乐，乐中有苦，苦乐焉能分开？

人生没有永久的欢聚，该分手时就不必伤感别离；让我们彼此说一声再见，我会把友情永远珍惜。

昨天有许许多多的缺憾，今天的努力还没有结果，对明天的憧憬就成为人们在今天的期待。

7、不一定

悲伤的人不一定流泪，欢乐的人不一定笑逐颜开；沉默的人不一定是懦夫，呐喊的人不一定是勇士；亿万富翁不一定富有，街头小贩不一定清贫；当面说好话的人不一定是朋友，背后说坏话的人不一定是小人。假面舞会上人人都带着面具，摘下面具才能认识人的真面目。

8、雪与冰

雪雕，洁白如玉，然而她太容易被刻画；孩子们喜欢和她玩耍，可是她太容易被太阳融化。

走在冰面上，人们小心翼翼；趟过没脚的溪流，人们无所畏惧。哈哈，你可能不在冰河上滑倒，而溪流中的哪块石头，却能让你摔上一跤。

9、不要拒绝

江河不会拒绝小溪，因为没有涓涓细流就没有奔腾的江河；土地不会拒绝种子，因为没有种子就不会有绿色的生命；天空不会拒绝云彩，因为没有云彩就没有风雨雷电。不要拒绝，要接纳一切！

10、视觉

从远处看山，山与山永远不能聚首，永远是那样相对无语；但，它们手牵手，却连接成波澜壮阔的山脉。

从近处看油画，那只不过是一片七涂八抹的油彩；当你从一定距离去欣赏，你会惊奇地发现，那是多么美丽的风景啊！

11、流言

谣言一旦流行起来，就变成了流言；流言能伤人，还能杀人。流言只能借助人的脆弱而害人；对付流言的最好办法，是不要理睬它。用不着为自己洗刷清白，因为最盛行的流言，也经不住时间的验证。

12、谎言

一切谎言都是为了掩盖真相。而没有穿上真实外衣的谎言，则难以骗人。

最真实的语言不一定被人相信，因为它赤身裸体，没有"伪装"。当真话也需要伪装的时候，谎言就变成了"真实"的化身。当人们都不需要说谎的时候，真话也就没有存在的必要了。

13、心

你心中有一缕清风，自然会驱散燥热；你心中有一轮太阳，自然不会害怕暗夜；你心中有一条小溪，自然会觉得欢快；你心中有一块绿地，自然会永远年轻。

14、不是一切

不是一切失败都孕育成功，假如你没有从失败中吸取教训，失败就是失败。

不是一切灾祸都潜在幸福，假如灾祸降临时你失去了奋斗的勇气，灾祸就是灾祸。

不是一切坏事都能转化成好事，假如你没有抓住变化的机遇，坏事就是坏事。

15、爱与恨

爱是生存的力量，恨是毁灭的力量。爱恨好似一面镜子的正反面，它们是永远的伴侣。人，就是这面镜子，爱与恨的混合物。

人，不能爱一切人，爱一切人是伪君子；人，不能恨一切人，恨一切人是疯子。

16、不要说

不要说，人间知音难觅，问问自己对他人有多少理解？不要说，世上缺少真情，问问自己对他人有多少爱心？

不要说，他人就是地狱，问问自己心灵是否也有阴暗？人们在土地上播下什么种子，最终就会结出什么果实。

17、仇恨的火焰

恣意奔突的野火，凶残地燃烧一切可燃烧的东西；当它熄灭的时候，留下一片灰烬。

打开闸门的仇恨，野蛮地摧毁一切可摧毁的东西；当它如野火一样熄灭的时候，留下一片废墟。

18、盗火者和殉道者

神话中的盗火者，给人们带来温暖和光明，有人却非议他："你是小偷！"

殉道者仅仅为了理想，就义无反顾地走向祭坛，砍下自己的头颅作了牺牲。他说："我不牺牲，会有更多的人牺牲！"

19、寂寞

寂寞似乎是一首晦涩难读的诗，你不知道它表现的是什么。喧闹久了，人们渴望寂寞；寂寞久了，人们又渴望喧闹。歌颂寂寞的人，也许更害怕寂寞；耐住寂寞的人，也许希望明天更喧闹。

20、假如（二）

假如田间没有野草，农夫去做什么？假如任凭杂草的疯长，要农夫做什么？假如你憎恶人类的丑恶，你如何对待自己灵魂中的龌龊？假如你号称爱一切人，你能否从爱身边的人开始？

21、流星

既然一切的存在都不能永恒，那又何必责怪流星的短暂？即使流星的光辉，仅仅是在刹那间划过夜空，但那毕竟是全部能量的燃烧！

22、情

情人是清晨的露珠，太阳一旦升起，露珠就蒸发了。爱情，是痛苦的感情；初恋，往往是无果的花。

23、缺憾

因为人生并不完美，所以人们对完美越加渴望；正因为人生有种种缺憾，那执着地追求完美，才有震撼人心的力量。人造的完美往往使人失望，于是缺憾就成为不朽的雕像。

24、时间

庸碌的人，最容易流失的财富是时间；勤奋的人，最珍惜的财富也是时间。

时间对于人，就是生命；珍惜时间，就是珍惜生命。

25、谁更广阔

比陆地广阔的是海洋，比海洋广阔的是天穹，比天穹广阔的是时空，比时空更广阔的是智者的心胸。

26、谁伤害了我

有一个声音，时时提醒我："你要小心！"我问："为什么？""有人想伤害你！"若干年后，我发现伤害我的人，是我自己。

27、思绪碎片

不要问未来是什么样子。与其对未来寄托厚望，不如加倍地关注现在；无数个现在，构成了未来。

夜与昼交替出现。即使是朗朗晴空，突然也会乌云遮日。

太容易得到的东西，人们不容易珍惜；人们太珍惜的东西往往容易失去。

28、喜剧与悲剧

喜剧给人以生存的满足，悲剧给人以毁灭的满足。喜剧与悲剧，构成了完整的人生。

29、无法逃避

人生是奔腾的河。它使你劳累、疲倦、痛苦；而当你逃到河的彼岸，伴随你的却是孤独、恐怖、不安。

30、选择

一个人不能同时走上两条路。假如，一条路有许多人走过，平平坦坦；一条路没有人走过，荆棘丛生，成就大业的人会选择披荆斩棘。

一个人不能同时走上两条路。假如，一条路最终是死胡同，但是他已经走完一半的路程；聪明人会按原路返回，重新选择自己的路。

31、一粒沙和一滴水

一粒沙，太微不足道；一滴水，转瞬间就在烈日下蒸发。而当它们汇集成沙漠，汇集成大海呢？

32、友情

友情如水，清淡中透出甘甜；友情似酒，辛辣中品出醇香。人生没有永远的欢聚，该分手时就不必伤感别离，让我们彼此说一声再见，各自把友情珍藏。

33、有的人醉了

有的人醉了，但他真的清醒着；有的人清醒着，但他真的醉了。举世混浊的时候，醉汉多，那是真的清醒；太平盛世的时候，懒汉多，那是真的醉了。

34、欲望

乞丐不会仅仅满足填饱肚子，皇帝不会嫌自己权力太大，平民百姓不会满足小康生活，亿万富翁不会嫌自己的财富太多，欲望的深谷是填不平的。

欲望，是人类进步的原始动力。所以，它是光明与希望之母。

欲望，也是人类邪恶的源头，杀戮 奴役 掠夺 盗窃 奸淫……统统是欲望的膨胀！

35、自省

树先朽，尔后风折之；草先枯，尔后火燃之；心先乱，尔后事烦之；人先堕，尔后天罚之；我不罪己而责人，何理之有？

36、朋友

如果你是跪在强者膝下的人，你不可以做别人的朋友；如果你是骑在弱者头上的人，你就不可能有朋友。

37、理解

有人喜欢淡淡的清茶，有人喜欢浓浓的咖啡；对人生的体验因人而异，对事物的理解各有千秋。真诚地尊重每个人的个性，你同时也获得了生活的自由。

38、什么是强者

当你春风得意的时候，能够经受金钱、美色、鲜花、掌声的诱惑吗？当你受挫失意的时候，能够忍受屈辱、诽谤、恫吓、孤寂的折磨吗？当你一帆风顺的时候，能够预见前方的曲折、陷阱、路障吗？当你四面楚歌的时候，能够深刻反省并对未来充满信心吗？如果你能够做出肯定的回答，就是强者！

39、嫉妒

对他人的收获既眼红又愤愤不平，想得到成功者得到的东西，自己却不想付出同样的劳动；从来不做敢为人先的事情，却盼望先行者后院起火而幸灾乐祸。

40、怀疑

没有亲身体验的事物，人们不相信或半信半疑，这是人性的弱点也是优点。

因为存在就是存在，不论人们相信还是不相信；也正因为人们不相信，才会有存疑和真理的探索。

41、聪明人和傻子

有的人太傻，不惜把最宝贵的生命奉献给他人；有的人太聪明，不惜把自己的灵魂出卖给魔鬼。奉献是无价的，不会得到回报；出卖是有价格的，丑恶与魔鬼等价交换。这个世界什么都有价格，唯有高尚的品德不能交换。

42、多角度看世界

如果这个宇宙，只有一种颜色，只有一种气味，只有一种声音，这个世界会怎样？宇宙的色彩是七种色调，红黄白绿青蓝紫；生活的味道是五味，苦辣酸甜咸；天籁的声音是七节，嘟来咪发嗖啦嘻。凭什么要我们的生活，只有一个色调，一个味道，一个音节？

43、活着

一个人来到这个世界由不得自己，一个人离开这个世界也由不得自己。唯有这个生命过程才由自己做主，所以这个过程我们要珍惜。珍惜，不仅仅是为了活着；活着，就要追求活着的意义。

44、蚕与茧

蚕耗尽能量吐丝成茧，然后把自己囚禁在茧中；人费尽心机编织人情网，然后将自己封闭在人情网中。蚕在茧中蜕变成蛹，人在人情网中蜕变成奴隶。

45、自尊与自卑

一枚硬币，正面是自尊，反面是自卑。自尊是自卑的表象，自卑是自尊的里子。你强烈地维护自尊，恰恰因为你骨子里自卑。当你不再自卑的时候，自尊也许没有了，更可能是这枚硬币熔化了。

46、真话

　　有人问我，你讲真话吗？我说，讲真话是有条件的。我能对亲人讲真话吗？假如我得了重病，可能不久于人世，我能够立即把真相告诉亲人吗？我能向敌人讲真话吗？假如我是革命时期的革命者，向敌人讲真话就是叛徒！那么我是不是有理由讲假话呢？我坚定地回答：不可以！假如我是政府官员，我有义务向人民讲真话！假如我是公司董事长，我必须向投资者讲真话！假如我是学者，我应该向良心讲真话！

47、人与鼠

　　人与鼠，地球上最庞大的物种，都是杂食的哺乳动物。一个居住在地上，一个居住在地下；一个喜欢阳光，一个喜欢月亮。谁的繁殖力更强？谁的生存本领更高？毫无疑问，是老鼠。老鼠是人类的冤家。人在哪里，老鼠就毫不客气地在哪里定居。它偷吃人的食物，毁坏人的草场和房屋，还能给它的衣食父母，带来瘟疫！老鼠没有人类智慧高。人类可以把地球母亲的宝藏偷光，能让母亲遍体鳞伤，还能把毒气和垃圾遗弃在母亲身上。人，被宠坏的地球之子，丧失了对母亲的敬畏和良知。人啊，快快醒悟吧！迟早你要受到惩罚，当你自我毁灭的时候，你会成为老鼠的笑话！

48、有情动物

我们只看到雄鹰展翅搏击长空，岂知否？它也会在黄昏的时候，归巢栖息。

听说过牛蛙救子的故事吗？多日无雨，一群蝌蚪因水洼即将干涸而濒临死亡。蝌蚪们的爸爸——老牛蛙掘沟引水挽救了小蝌蚪们的生命。谁说牛蛙是低等生命？

一只喜鹊被一条麻绳缠住了腿，挂在了树上不能脱身。一位晨练的老汉救了喜鹊。当老汉回家的时候，一群喜鹊站在他家的阳台喳喳啼叫，久久不去。谁说喜鹊不知感恩？

一只乌鸦头部扎了树木的针刺。它飞到人群中呱呱鸣叫，求助人们帮它拔出针刺。谁说乌鸦没有灵性？

一只强壮的公猴联合几个小兄弟，向老猴王挑战王位。战斗异常激烈。老猴王被打落山崖，掉进海里。王后和大妃冷眼旁观。只有猴王的小妃跳进海里去救丈夫，遗憾的是海浪淹没了它们。谁说猴子没有爱情？

49、曲折

朋友，知道山路是如何走的吗？我的体验是艰难跋涉九曲十八弯。不要希望人生道路一帆风顺，因为根本就没有！曲折，是一切事物的运行规律，任何人都不能改变。任何的顺利都是陷阱，天上不会掉下馅饼。

50、希望

黑暗只是一夜，只要太阳没有熄灭，明天又是艳阳天。

51、存在

如果说，存在就是合理的，那么灭绝是不是合理的呢？灭绝，就是曾经的存在不存在了，消失了，如三叶虫和恐龙……每天都有消失的物种，当然很多的灭绝与人类有关，人类生存挤压了它们的生存空间。当自然界的物种只剩下人类是什么状况？我们想过吗？

52、堕落

我经常想一个困惑不解的问题：一个人的堕落，可以很容易表现出来，也容易做出判断。然而，一个社会的堕落呢？多数人没有了信仰，如果说有信仰，就是金钱成为宗教偶像般的崇拜物。人们的情感退化，唯利是图，为了私利宁可做伤天害理的事情。纵欲、享乐、奢靡、炫富、醉生梦死，相当多的人有末日的心理感觉。贪欲成为推动经济社会运转的唯一杠杆。社会撕裂成对立的阶级，富人和权贵阶级蔑视、压迫、盘剥社会底层的劳动者。所有人都成了经济动物、成为金钱的奴隶。这个社会还有救吗？我们所有人都有责任避免出现这样的问题。

53、感性与理性

盛极而衰，否极泰来。我本来明白这个道理，为什么遇到具体问题却茫然了呢？当错误和挫折接踵而至，理想化为泡影，我往往感觉前方一片黑暗，沮丧与失望控制了心绪。当事业顺风顺水，成果结满枝头，我往往在鲜花与掌声中飘飘然，忘记了前方就是陷阱。这就是人性的弱点：感性第一，理性第二。

54、不能忘本

高以下为基，水以谷为床；舟以江河湖海为浮，君以民为本；富人以穷人为依托。身处巅峰，别忘了自己的根基。

55、人生如弈还是如戏

人生如弈，人生如戏，是两种人生态度。如弈，就需要拼搏、算计；如戏，似有虚假的一面，也有超然的一面。如何对待人生，不同人或不同的人生阶段，会有不同的取舍。而我的人生，既不会算计，又不游戏，像劳作的农夫。

56、激流勇退

几十年过去了，再次欣赏山口百惠的影视剧，仍然感受心灵的震撼。山口百惠把她的美和艺术人生定格了——她永远是青春的偶像，那微笑永远给人们带来美好的回忆。

57、眼见不一定为真

俗话说，耳听为虚，眼见为实。其实，眼睛并不可靠。科学家告诉我们：我们眼睛看到的世界，并不是真实的世界，反射到眼睛里的影像是经过大脑过滤和简化的。

世间的事物，很多本是假象，你看到的必定是假象；还有很多事物是人眼看不到的，你不能说它不存在。人们借助显微镜、望远镜看到的宇宙万物，仅仅是很小的一部分。耳聪目明的人，往往不如盲人和聋子对事物的理解和认知，因为他们用自己的心与事物交流。

所谓真实的事物，仅仅是我们认知的真实。真实的世界我们是看不到的。

58、缘

什么是缘？哲学家说，是某种必然存在的相遇的机会和可能。佛教禅师说，红尘滚滚，芸芸众生，缘聚缘散，处处皆缘。缘来则聚，缘去则散，缘起则生，缘落则灭。世间万物皆是化相，心不动，万物皆不动；心不变，万物皆不变。

天下没有不散的宴席，没有永恒的缘。春来花自青，秋至叶飘零；无穷般若心自在，语默动静体自然。

行者说，缘是因果。人在旅途，所遇皆缘。人不会有无缘的爱，也不会有无缘的恨。缘有时限，没有永远，只有长短。缘聚不喜，缘散不悲。

59、折花

泰戈尔说，摘下这朵花来，拿了去吧，不要迟延，我怕它会萎谢了，掉在尘土里。行者说，让花儿去吧，到它该去的地方，回归尘土不是更好吗？

泰戈尔说，它也许配不上你的花冠，但请你采折它，以你手采折的痛苦来给它光宠。我怕我在警觉之先，日光已逝，贡献的时间过了。行者说，更确切地说，我配不上那美丽的花冠。我更痛苦折花给花儿带来的痛苦。

时光对于我是永恒，不会改变。

60、柳笛

我记得，童年时的一个乐趣是做柳笛。春天来了，小溪岸上的灌木柳吐出新绿，折一枝条拧动几下，柳皮与枝骨脱节，就可以用来做柳笛了。柳笛的音调十分简单而明亮，就这样一遍一遍地吹着玩，旷野里飘荡着我的笛声。由此我感悟，

人心若是单纯些，就会很快乐。

61、古堡

我对欧洲的古堡很痴迷。在欧洲旅行时，每遇古堡，我都久久凝视。我想到，那坚固的古堡里，主人一个个离去，最终它就是历史的遗迹。一切都会过去。对于智者，没有时代与时间。这个时代没有解决的问题，就留给后人吧！

62、飞鸟

小时候，我最羡慕飞鸟。它有翅膀，能在天空自由翱翔，想去何方就去何方。

我梦想长出翅膀，也去飞翔。到了青年的时候，我就不再做飞翔的梦了，因为我已经知道，鸟儿飞得再高、再远，还是要回到巢中栖息。

63、风筝

小时候，我第一次看到飞翔在空中的风筝很好奇。但是观察一阵子后，我就不感兴趣了。第一，风筝是纸糊的，容易破损；第二，人用一根线控制它飞行。

我觉得当风筝没有意思，它不自由。

64、玩具

我的故乡是满族居住区。小时候，我和伙伴们的玩具都是自己制作的。最常见的玩具是木质的砍刀、红缨枪、弓箭，每天晚上我们一帮小朋友就分成两只军队，进行格斗（当然是玩耍性质的）。不过也有失手的时候，使对方受点皮肉伤。

这样的游戏一直持续到小学六年级。后来我想，女真人的武士远去了300年，而他们的遗风还传到我这一代有满族血统的汉人身上。传统是很有影响力的。

65、舍得

有一句格言说："没有舍，就没有得。"这与老子的名言"将欲夺之，必故与之"是一个意思。行者不以为然。舍就是舍，得就是得。我之舍，是不为得而舍。倘若为了获取更多的私利而舍弃自己的部分利益，这显然与自私自利没有太大的区别。"送人玫瑰，手留余香"，而在我看来，这余香也是不需要留的。舍，就要彻底舍弃我想舍的东西。至于得，那都是别人赐予我的，与我的舍没有关系。

66、快乐

雷锋和郭明义为什么喜欢做好事？其实道理很简单，如郭明义说的"帮助别人，快乐自己。"他们认为，我活着为他人和社会做好事，才活得有意义和价值。

所以，行者认为，做好事并不需要泯灭自我，而是让自我活得更有意义！

倘若有人问我，你最高兴的事情是什么？我会认真地说，为他人做点好事。

譬如我意外得到万两黄金，我会是一个什么想法呢？我没有想过。我知道自己是一个普通人，只想普通人之想。

67、背叛

在道德的天平上，忠诚最重，背叛最轻；在价值判断上，忠诚最善，背叛最耻。但是，有一种背叛却显得无比的崇高和圣洁。在中国革命史上，被毛泽东称作"农民运动大王"的彭湃，其家庭是拥有1500名奴仆和家丁的贵族地主。他背叛了自己的家族和阶级，烧毁了地契，把自己家的土地毫不保留地分给农民，然后把成千上万的农民组织起来，开展土地革命运动。为了农民翻身解放，他牺牲了自己的生命。彭湃的背叛，其实是忠诚，是对国家、民族、人民的大忠、大仁、大义。

68、羊群效应

少年时，放暑假常常替父亲牧羊。我对羊群效应深有体会：头羊不动，羊群不动；一只羊受惊逃窜，其它羊也会盲目逃窜。人也有羊群效应：群体无意识，跟风！战争，往往把最平凡普通的人变成残忍的杀戮者，如南京大屠杀的日本兵；奥斯威辛集中营的纳粹党卫军；成吉思汗的铁骑兵；秦始皇的虎狼之师等等。

屠城、坑杀战俘、杀人比赛、残害妇孺、吃人肉以充军粮……战争把人类邪恶、残忍的一面充分释放出来。其实，这也是羊群效应的另类表现：群体无意识，跟风！

69、等待是智慧

对于政治家而言，等待是智慧，是胜利的前提。即使你的政治理想是符合历史潮流的，当多数人不接受的时候，必须等待，你的冒进会造成历史悲剧。作为伟大的政治家，假如你错过了实现理想的历史机遇，不要沮丧和悲观，相信后来人比你干得更好。如果你想成功，就抓住机遇吧！

70、"先知"

"先知"，我理解就是我们人类的最高智慧者。"先知"只给人类赋予理想、思维方法、终极关怀，他不会给予人类解决现实问题的答案。解决现实社会问题是政治家和人民群众自己的事情。所以，我一直认为思想家不要干预政治，不要强迫执政者接受自己的理念。你的理想只要是孔子那样的大仁、大善，你就是孔子。假如佛陀去继承王位，人类就缺少了一盏信仰的明灯！

71、远与近

空间的远与近，用长度来丈量；即使是宇宙距离也能计算出来。时间的远与近，用秒、分、时、日、月、年来计量；再久远的时间也能考证出来。人与人的距离呢？近在咫尺却如远隔重洋；远在天涯却如身上手足。人与人的距离是不能精确计算的。

72、礼貌

在《论语》中，孔子多言礼而少言利。礼，含义广泛，涉及政治制度、道德伦理、礼仪、礼貌等等。彬彬有礼是君子，傲慢无礼是小人。来而有往是礼貌，来而无往是傲慢。君子为人处事，即使是敌人，也要待之有礼、有节。礼貌，表现了一个人的胸怀和气度。为什么有些人没有礼节、礼貌呢？通常这类人都是自我中心，心胸狭窄，苟且和吝啬，傲慢和自大。正因为他自私，必然目中无人。

73、自然与人类

什么是创造呢？就是人类的主观行为。人，认为我有能力改变自然的一切。

表面上做到了，其实是根本做不到的，我们做到的是消耗自然资源。我们创造的东西不过都是人脑和人体的延伸工具。自然的一切不可创造和复制。当人类无节制消耗资源的时候，就是人类从地球消失的时候。

74、科学

我们已知的世界，没有绝对真理，没有无缺点的圣人，没有无缺憾的人生，没有完美的事物。科学，照样不能解释无数的自然现象；科学宗教化，就是伪科学了。

75、和谐

我们已知的世界，存在动态的平衡。物质永远处于矛盾运动中，引力与斥力达到平衡，使物质结构形成并有序排列，这

就是物质的常态；平衡被打破，物质就发生质变。人类社会也
是如此。社会结构始终处于不稳定状态，阶级矛盾与民族矛盾
很容易打破社会力量平衡。争取平衡，这就是和谐的本质。和
谐，就是保持人类的合作、和平的常态。但它也需要通过斗争
来争取。

76、常态社会

自人类进入阶级社会以后，社会形态就分为常态和非常态
两种。常态社会中，阶级力量达到动态平衡，社会秩序稳定，
社会处于和平建设时期。非常态社会，就是社会矛盾积累到突
变的时候，原来的社会平衡被打破，革命爆发，重新建构新的
社会平衡。人类社会周而复始，在常态和非常态中摇摆。同时
也在交替变化中社会前进与发展。

77、美丽的毒药

罂粟花很美丽，但它结的果实有毒。曼陀罗花是象征爱情
的花，然而古代的强盗用它制作"蒙汗药"。在这个世界上，看
似美好的东西，其实是有害的。爱美的人啊，你们要警惕！

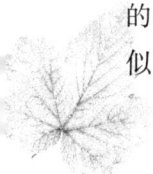

78、骗子

常言道，人生如戏。骗子往往都是主动进入角色的演员，不论演技如何，他们都尽力去表演。有很多骗子出身卑微，没有文化，却能骗倒达官贵人，为什么？因为骗子都懂得人性的弱点是自私、贪婪，他们就利用这个弱点骗人。所以，被骗子欺骗的人，要自我反省。

79、帮助

帮助他人是天经地义的，因为每个人都需要帮助，包括自己。

80、自由

自由，是人对必然的正确认识和对客观世界的改造。——这是哲学家说的。自由就是人的自我救赎和解放。——这是行者说的。很久以来，人们是戴着枷锁生活在世界上的。人人都是奴隶，包括皇帝也是奴隶。地主是土地和财富的奴隶，农民是地主的奴隶；女人是男人的奴隶，文人是精神的奴隶；资本家是资本的奴隶，皇帝和政客是权力的奴隶。几千年过去了，我们的确自由多了。但，人是有劣根性的，如贪婪、淫邪、冷漠、残忍等。让劣根性自由起来，人又会成为奴隶。所以，有法律和道德把劣根性关在笼子里，自由才是真自由。

81、得罪人

交一个朋友不容易，得罪一个朋友却是很容易的事情。你说的一句话或做过的一件事就可能得罪了朋友。如果是误解，不必介意，对朋友应该一如既往；如果的确伤了感情，那就随缘吧！对于坏人坏事，我是主张斗争的，不必怕得罪人。

82、人在旅途

人的一生，就是一次漫长的旅行。期间，我们会与他人相遇、相知、相扶、邂逅、同船渡、共枕眠，在时间的某一点分开了，也许永远不能相见，天各一方，但会时时想起他（她），这就是缘。我感动、珍惜这份缘。

83、恻隐与忏悔

孟子说："恻隐之心，人皆有之。"对生灵的不幸给予同情和怜悯，就是恻隐之心。然而，我们却常常看到现实世界中，残忍的杀戮，野蛮的摧毁，冷漠的心，仇恨的火焰……恻隐之心哪儿去了？在丛林法则面前，恻隐之心是微不足道的。当一个恶魔即将伏法的时候，他也会为罪过忏悔，这是人性的回归和自我救赎；而当一个民族拒绝为自己历史上的战争罪行忏悔时，这个民族还会有未来吗？绝对没有！

84、走捷径

走捷径是人的本性。公园里的绿色草坪，被人们踏出一条条小径，大煞风景。

平坦的园林小路不走，偏要走捷径！再看，高速公路、铁路，基本都是捷径。遇水架桥、逢山开洞，图的就是捷径，缩短行程。走捷径，也有好的一面。

85、爱之罪

深爱着一个人，却与不爱的人结婚、生孩子。假如是包办婚姻，情有可原；假如不是，那是爱之罪、人格分裂。把心交给情人，把肉体交给丈夫（妻子），是对爱情的亵渎。这种病态的爱情观，造成多少婚姻与家庭悲剧啊！

86、崇拜

崇拜，是人的一种心理需求。譬如，英雄崇拜、明星崇拜、领袖崇拜。在战争和人类灾难中产生英雄崇拜；在社会改朝换代时产生领袖崇拜；在常态社会中产生明星崇拜。反对个人崇拜是个伪命题！为什么不崇拜身边的人，包括朋友、同事、亲属、领导？即使身边有英雄、明星、领袖，人们也不会崇拜，反而会产生嫉妒。被崇拜的人，都是崇拜者不熟悉的人。这是一种心理现象。距离产生美，距离产生偶像幻觉。

为什么人们喜欢搞个人崇拜？因为，每个人都不完美，被崇拜者是崇拜者的化身。在崇拜中，他（她）们得到了自大的满足。

87、留有余地

毛泽东言：做计划要留有余地。我感悟，做什么事情、都要留有余地。话不能说绝，说绝了就没有回旋余地，只能继续犯错误。事不能做绝，譬如工作满打满算高指标，没有可持续性；对政敌赶尽杀绝，往往是恶性循环，政治人物的大忌；军事上，穷寇勿追，围而不打，促敌投诚，少杀戮，也是不做绝事。

对亲朋好友也要保持一定距离，过于亲近，往往失去理性；不要给上司当亲信，过从甚密，往往失去独立人格。私欲不能贪。譬如，君子爱财，取之有道，贪财害己；色不可弃，绝色有违自然之理，而贪色必丧失人伦道德；荣誉地位可追，进取之心无可厚非，而贪图功名利禄者，往往是南柯一梦。

88、合作

合作与互助，是人类特有的本性。俗语说得好：众人拾柴火焰高。美国科学家通过对黑猩猩与人类儿童的心理测试证明：人类是唯一有相互信任、合作与分享劳动成果的灵长类动物。

人作为动物不处于地球生物链的顶端，在自然选择中能掠食人类的动物很多、很多，人类进化成地球的统治者，主要因为人是社会性动物，而社会性动物还有很多，所有类人猿都是社会性动物，但是人是唯一具有严密组织、善于合作互助的社会性动物。

人类进入文明时代后，从简单劳动发展到高度发达的社会化大生产，合作成为唯一维系人类生存发展的选择，竞争与斗争往往促进人类更好地合作。尽管不同的阶级、民族、国家，会因为争夺生存空间与资源，发生斗争或战争，但最终还是要化干戈为玉帛。剥削阶级对劳动者的奴役、霸权主义对其他民族的奴役，放在历史长河中观察，都是短暂的，人类大同必将实现。

89、火与货币

人类最伟大的发现和发明是火与货币。火，让人猿相区别。人类摆脱茹毛饮血，大脑不断进化发达，迎来文明的曙光。所以，有人说，人与动物的最大区别是学会利用火。当然，当世界燃烧战火的时候，人类因火而不幸。

贝壳，是人类最早用来做货币的。未来将是电子货币，传统货币退出流通。有了货币，就有了商品生产和交换。有了交换，就有了市场。同时，也有了私有制，有了贪欲，有了拜金主义。而看似邪恶的东西，却刺激和激励人类无休止地追求财富；与此同时，人们制定游戏规则，让贪欲控制在道德、法律的范围内，不至于毁灭人类自己。于是有了农业文明、工业文明、后工业文明……

假如，没有货币，我们还处在旧石器时代，比黑猩猩进步一点点。相比火和货币，其他的人类发现和发明算什么呢？于是，我想：世界上没有绝对的好和坏。

90、我的感动

清晨，小区传来"戗刀……磨剪子嘞……"的吆喝声。吆喝者，是一位七十多岁的老者，背驼了，显得苍老。我肃然起敬。不仅仅因为老者传承着一门古老的手艺，更因为，他本该颐养天年，却走街串巷，靠自食其力谋生。最平凡、最普通的劳动者常常让我感动，让我尊敬。

91、情感

喜、怒、哀、乐、忧、恐、悲、凄、恨、爱等，都是人类的复杂情感。情感，通过面部表情和肢体语言表达出来。当情感不可控制时，人会通过语言和行为激进地表达。情感的发生，不需要大脑的理性思考，它是人本能的反应，或是内分泌系统的化学作用。所以，情感是非理性的，没有逻辑性的。

人们常说，爱情是不需要理由的，也是没有理由的。如果把爱情理性化、功利化，就不是爱情了。爱，包括爱情（不包括婚姻），是人类复杂情感的一部分。爱的情感是先天的，不是后天学来的。它不属于理性思维范畴。恨，是爱的反面，它们是孪生兄弟，永远不能分开。爱恨有时也互相转化。

爱与恨上升到群体性，就是大爱、大恨。所谓博爱、阶级友爱，民族友爱；阶级仇恨、民族仇恨等。情感泛化为群体行为，就不是情感了，进入社会道德伦理和政治范畴。群体性情感行为，就有了价值判断，有了是非曲直。

92、熔剑为犁与锻铁铸剑

熔剑为犁，古人的理想。和平利用核能，现代人的智慧。让战争成为过去，不再有人与人的杀戮，并不是幻想。人类不该自我毁灭，也不会自我毁灭。

世界上，有好多事情需要正面想，反向做。我们的理想是和平，持久的和平，但战争的硝烟从来没有散去，杀戮每时都在发生。我们为了实现和平的理想，就必须准备战争，锻造好我们的干将、莫邪剑。这样，我们才可能迎来和平。和平，是以战止战赢来的！

93、我们是程序

我们来自何方？我们将到哪里去？一万年的问题啊，科幻剧给出了一个解题。宇宙是一部超级电脑，地球生物圈是程序员的设计，我们人类不过是程序。

大千世界啊，千差万别的生命，天上飞的，地上跑的，水中游的，土地生长的，无一不是信息。双螺旋形状的基因链，信息的承载器，宇宙程序员的杰作，让生命如此神奇！

每一个基因片段，存储着我们和一切生命的，生老病死的信息。我们可以被复制——遗传，所以，人只能生育人，不能生育走兽和飞禽；我们可以被突变，所以，人能够进化或退化；我们可以被预测，每一个基因段，都存在于预设的时间；我们不会永生，当设计者不需要我们的时候。

愚蠢的科学家，企图改变宇宙程序员的设计，让猪的基因进入人的肉体，让昆虫的基因植入大豆和玉米，据说高产又抗病虫害，还要克隆羊，克隆人！世界没有完全相同的一片树叶，个性是宇宙生命的真谛。宇宙程序员，绝不会允许改变生命的程序！地球生物圈是个整体，人为去掉某个链条，无疑是毁灭自己！

94、人、"神"、蚂蚁

据说，蚂蚁生存在二维空间，它看不到人类的存在；人，存在于三维空间，我们看不到"神"的存在。

记得小时候，我蹲在蚂蚁窝前，看川流不息的工蚁大军搬运猎物，兵蚁军团与敌人的厮杀，忘了回家吃饭。

蚂蚁似乎不知我的窥视，可能根本就不知我的存在！现在我想，"神"看我们是否也是这样的感觉？

95、我的手表

我的手表老了。它陪伴我，走过青年、中年；现在我到了老年，我的手表也老了，指针不再跳动，静静地躺在抽屉里，没有庄严的葬礼。

我的手表老了，而时间没有停止，我看不到宇宙时间的指针，却听到了它跳动的声音。

96、两扇门

这扇门关了，另一扇门打开了。关掉了过去，打开了未来。

我失去了光荣，我获得了新生；我不把这扇门关掉，我就失去了，另一扇门的机遇。

97、冰川

冰川，在冰河期凝成，就为了今天的四季分明。冰川，地球的淡水库存。长江黄河啊，都是昆仑冰川滴水汇成。假如，冰川全部消融，地球就陷入新的轮回。

酷热和干旱淘汰无数生命。地球生命的复苏，一切要等待再一次的，冰河期的来临。

98、牛虻

你的绰号，在我的故乡叫"瞎虻"。其实，你不瞎，有一对复式大眼睛，你和绿头蝇形影相随，难兄难弟，但你的优势是嘴巴上，长了一根锋利的吸针，牛皮那么厚，一针叮进去就一动不动，直到鲜血撑圆你的肚皮。老黄牛对你无可奈何，它只能痛苦地呻吟，摇一摇尾巴，根本就不能把你驱赶，流下几滴苦泪，一群绿头苍蝇扑上去，舔食它的泪渍。

假如你像屎壳郎一样，还能清洁草原，可是你不仅吸血，还给老黄牛传播瘟疫！我要到上帝那里去控告你，让他老人家改变你的基因，让你从地球上消失！

99、灵魂

没有灵魂的人，是僵尸；没有灵魂的民族是什么？

从地狱里走来一群巫师，从美利坚搬来一具僵尸，说是给华夏人招魂，而我们本来就有民族魂，所以我们拥有从来没有中断的文明。

100、蝴蝶、蜜蜂、蚂蚁

美丽的蝴蝶啊，她前世的前世，是胖胖的丑丑的，女生见它就尖叫的毛毛虫。

蜜蜂，最有组织纪律性的小精灵。蜂王，无为而治，专注繁衍子孙；雄蜂吃饱后只做与蜂王交配的事情；兵蜂，保卫蜂巢，不怕牺牲；工蜂，酿造甜蜜，却只吃粗粮花粉。蜜蜂啊，你比人类社会还要和谐，为什么？因为造物主没有给你设计和注入自私的基因。

蚂蚁，生物界排位第一的大力士。它能长途搬运超过身体重数倍的食物，从不休息，也从不偷懒，因为，它不像人长了一身懒肉，它发达的肌肉藏在甲壳里面。长长的灵活的肢臂，是最科学的设计。

101、我是谁

我在醉态中，问我自己：我是谁？一个声音回答我，你是这个肉体的灵魂，灵魂才是你的本我。灵魂走了，剩下的就是尸体，哈哈，那个尸体很恐怖呢！

那个伴随我几十年的臭皮囊，我对它还是有感情的，尽管我不喜欢，它让我自卑，不敢向往美女。我不知道为什么依恋这个皮囊，现在我明白，没有这个皮囊，我，真实的我——灵魂，没有寄托，我不能孤立存在。

皮囊死了，我去了哪里？我现在不知道，我知道的时候，也无法告诉你。

102、我的皮囊

我十分讨厌我的皮囊，它是什么东西啊？它给我的东西叫欲望，没有一样能见人，贪财、好色、自私、损人。快乐快乐还是错吗？哈哈，你不懂，快乐是皮囊——肉体的最大渴望。

造物主在造人的时候就是这样设计的：快乐原则，是生命延续的唯一条件，有情世界的生命，都是在快乐中繁衍，在痛苦中死亡，人类也与它们一样。贪财，是为了满足占有的快乐；贪色，是为了肉体感官的快乐；贪吃，是为了满足食欲的快乐；贪酒，是为了忘却烦恼后的快乐；吸毒，是为了满足堕落的快乐；排除肉体垃圾，都让你短暂快乐。

哈哈，这个造物主很坏。他一直在观察他制造的东西，是怎么样生活的，他觉得有趣，就如我少年时观察蚂蚁那样。

103、我的信仰

人的肉体欲求，不是都走向恶。没有欲求就没有生命，欲求也有合理性。当我欲念跨过道德底线的时候，肯定有一个声音告诉我，不可以！那个声音是我的灵魂。

人，总会有些人战胜不了肉体的贪欲。所以，自古就有坏人做坏事，所有的坏人坏事就是损人利己，这是人类理性的共识。假如有的人不仅坏人还坏民族，他就是民族罪人——汉奸。本质还是贪欲，贪欲在基督教那里就是原罪。没有原罪意识而信仰基督，那你是基督的假信徒。

所有的信仰，以拯救欲望中的邪恶为归宿。

我的信仰，是祖先教导我的——仁义。高尚的人，以帮助别人为快乐，快乐升华为高尚，我努力高尚。

104、活着的意义

活着是为了什么？活着就是活着，本来没有什么意义，所有生命都如此。因为，生物活着不是自己决定的，它是被活着——阳光、雨露、土壤强迫它活着。于是，就活着，没有权利自我毁灭。

生物的消失与灭亡，也不是它自己说了算的，它是被消失——个体的生命不会永生，所有生物失去生存条件后，都会消亡，就如荒凉的火星。

活着，是造物主设计的程序，他似乎在做着生物进化的实验，但，当人的意识由于进化而形成自我意识的时候，人类不再甘当造物主的小白鼠，他开始强烈地表现自己，追求生命的价值和灵魂的永生。于是，人活着就有了意义。

105、走在路上

小的时候，我经常问母亲还有多少天过年，我最大的幸福是过年，吃猪肉、穿新衣。

现在，我问儿子我还能活多少年，儿子说，你长命百岁。我哈哈回应。我知道，生命终结不需要太长的时间，生下来，我们走的路就是通向死亡的路。这是单行线，不能回返。

我走在这个路上，常常幻想停止脚步。哈哈，那是渴求永生。回答，不可能！

那就勇敢地走下去吧，留下履痕。

106、我的呐喊

鲁迅的高明，是只看病而不开药方。因为，开出的药方往往是错的，还是让中国人自己救自己吧！

医生的高明，是既看病还卖药。一方面救病人，一方面赚钱。救了病人是积德，救不了是天意。

青年鲁迅也曾经想悬壶济世，当看到麻木的中国人围观日本人砍中国人的头，他愤怒了，发誓拯救国人的灵魂。灵魂的救赎需要人的觉醒，唯一的出路是自救。所以，鲁迅一声呐喊，寄望唤醒沉睡的国人。

今天的国人早早就醒了，醒来的人们一眼就看到发财的机会。发财、发财，恭喜发财！谁不想发财呢？可是，还是有那么多穷人，我彷徨了。于是，我也呐喊了——让人人都发财吧！

107、看不透

当人们闹情绪的时候，常说："我看透了！"真的看透了吗？其实，没有！

我们看不透宇宙，也许永远看不透。我们看不透自己，也许永远看不透。我们看不透人心，也许永远看不透。我们看不透生命的意义，也许永远看不透。我们看不透自然和社会运行的规律，也许永远看不透。

所有的地球人，哪怕所有顶尖的科学家集中在一起研究宇宙人生奥秘，也永远没有止境。因为，奥秘就是奥秘。

我们每天早晨起来，感觉一切都是新鲜的，未知的。

108、我的"贵族"梦

我有一个梦，"精神贵族"梦。在我少年的记忆里，城市是高不可及的城堡，护城河挡住了我通向城堡的道路，而城堡对我的诱惑难以遏制。我渴望在城堡里当个"精神贵族"，渴望似乎是个泡影，很快就幻灭了。我失望地问爷爷，我能走出大山吗？白胡子爷爷说，有可能。

我没有走出大山，大山却迎来了下乡的城里人，他们共同的名字叫"知青"。他们在我的故乡接受"再教育"，几年后，他们陆续回了城。大山中少了青春活力和笑语歌声，我也意外走出了大山，寻找我的梦。

当我到了花甲之年，回味我的梦。追寻这美梦的源头，我已经明白：人，都喜欢享受和安逸，这是人性。劳动的滋味是苦的，农民的劳动更苦。因此，历史上的贵族是不劳动的，他们却尽情地享受劳动者的劳动成果。劳动再苦，农民也要劳动。因为他们没有土地，劳动是生存的唯一。

贵族不仅有土地，还拥有知识和文化。他们中分化出来一些人，叫"精神贵族"，从事文化、艺术、教育、管理的精神劳动，还有"武士"，从事战争和杀戮的事业。他们自我感觉，这是最体面的高尚的劳动，那些脸朝黄土背朝天的农民是卑贱的草芥。《红楼梦》里的刘姥姥和大观园的女儿们，有语言的交流，却永远不会有心灵的沟通。

后来我知道，消除两种劳动的差别，唯一的途径是劳动者的知识化，而我也意外地成了所谓的"精神贵族"。但，我不再有欣喜和满足。反而经常追问，青年人在艰苦中磨砺，难道毫无意义吗？劳动必须要分成高低贵贱吗？没有农民的劳动，贵族们吃什么、穿什么？老爷、公子和小姐们的琴棋书画能顶饭吃吗？

贵族，是遥远的记忆；贵族意识却活着。

109、一步之遥

一只脚在地狱，一只脚在天堂，彼此距离不过一步之遥，每个人都是这样。善与恶，就是这点距离，走向何方，就在一念之间。天堂有更多的戒律，讨厌戒律的人，情愿走向地狱。

为拯救人类而下地狱的人，是圣人；为拯救自己的灵魂，而在人间炼狱中煎熬的人是伟人；天堂中的人，是平凡的好人。

佛陀也难以改变世界。恶，是世界最强大的推动力。假如，贪欲就是恶，地狱的阎王，不用担心地狱中缺少需要拯救的灵魂。

110、最愚蠢的人

如果，以宇宙时间为参照系，地球寿命就是几个月时间；人类存在地球上是几分钟时间；每个人的寿命就是一刹那而已。

生命如此短暂，机关算尽去攫取功名利禄，有什么意义吗？更何堪贪赃枉法、强取豪夺，银铛入狱，连一刹那的生命都不珍惜，不是最愚蠢的人吗？！

111、生存空间

所有的动物都有领地意识，因为领地就是它的生存空间。很多动物会以留下气味的方式，划出自己领地的疆界，这疆界不可侵犯。社会性最强的蜜蜂和蚂蚁竟然有专职的军队保卫疆域。

人啊，也是如此。家庭、族群、部落、民族、国家，都有自己不可侵犯的领地。这领地就是他们的生存空间，古今的民族战争都是为了争夺生存空间。因此，人类社会只有进化到大同社会，没有了族群、部落、民族、国家的界限，才会没有争夺生存空间的斗争和战争。

112、骨气

做人要有骨气。没有骨头的人，就是豺狼口中的一块肉！

造物主造人是让人站立起来，用反引力的骨骼支撑肉身。我们不是爬行动物，不是软体动物，我们应该有骨气。

骨气，就是人格、气节、操守。

一个人格健全的人或民族，不可以奴颜婢膝、谄媚权贵和助纣为虐；不可以失信于人民和朋友，包括合作伙伴；不可以出卖朋友、人民和民族的利益，甘当强权的走狗。

归根结底，就是不能为了满足自己和小集团的私利去当没有骨头的软体动物！

做人要有骨气。有骨气，就要在人民与民族危难时，做捍卫他们的战士；

有骨气，就要站着死，不要跪着生；有骨气，就要一诺千金，绝不对人民、朋友背信弃义；有骨气，就要舍弃小我，为大我奉献一切；有骨气，就要摒弃一切诱惑，洁身自爱！

113、时间会证明一切

实践检验真理，是一个长期的历史过程，几十年时间检验不了真理。与其说实践检验真理，不如说是时间检验真理。因为，时间会证明一切。

今天的人们，认为是错误的思想，错误的社会实践，不一定是错误。比如，从孔子去世到汉武帝"独尊儒术"，时间过去600多年了。1000多年后孔子被尊奉为圣人。至今，孔子仍然活着。而孔子真正活着的时候，他的思想不合时宜。

他曾经悲观地想乘船渡海到外邦传播自己的思想。

普通人甚至帝王将相的生命都不过几十年，而圣人和思想家的生命以千年为计算单位。对于思想家，我们不要轻易下结论。

114、否定之否定

历史，包括人世间的一切事物和人物，可以全面否定和彻底否定吗？不可以！因为，任何人物、任何事物都不可能绝对好和绝对坏！绝对本身就有违中道。而历史的存在都有其合理性，否则就不会发生。

后人否定前人很容易。前人对于后人来说，是开拓者，他不走错路或弯路是不现实的。坐享前人栽树带来的荫凉，却嘲讽谩骂前人的过失，很不厚道！

否定前人，就是否定自己。因为，后人对于未来的后人，也是前人。

115、天警

羊年春节一过，我小病小灾不断。自己认为流年不利，但认真反省后，幡然醒悟。我的小病小灾都与我过量饮酒相关。这个毛病不改正，未来就不是小病小灾了。

我们人类作为自然界一部分，生老病死是受自然法则控制的。当我们违背自然规律，过度消费自己和自然能量时，就会受到自然的惩罚；小病小灾，是对我的警告，如果仍然我行我素，必将付出更大的代价！

自然法则，就是天意。而这个天意，就是"中"，或曰"动态平衡"，不偏不倚。假如说，天亦有情，就是说，天在惩罚人类时，往往都预先发出警告，让我们知错即改！

116、世界上，没有孤立的事物

邻居小夫妻吵架，本想去劝解，转念一想："关我何事？""关我何事"，这是常态心理。其实，是真的不关我事吗？

世界上，没有孤立存在的事物，都是相互关联的。美国华尔街几家金融机构破产，全世界就接连爆发金融危机；突尼斯一名失业大学生自焚，大中东地区各国如多米诺骨牌一样发生颜色革命。

再如，非洲草原的某个地方，某日死了一只母狮。一连串的事情就发生了。

四只幼狮饿死了；狮子家族的其他成员也因为死亡母狮的

疫病传染，相继死去。

鬣狗家族吃了一个星期的饱餐，秃鹫打扫残羹剩饭。食草动物少了最大的天敌，繁衍后代数量迅速增多，这块草原不堪重负，逐渐荒漠化。食草动物大量死亡或迁徙，食肉动物逐渐食物枯竭，随之灭绝。秃鹫过了一段幸福生活，不久它们也绝迹了。

大量的昆虫来了，享用细菌分解好的草原腐物、垃圾、粪便；若干年后，草原又恢复生机。新的生命循环又开始了。

117、简单与复杂

最复杂的机器，都是由最简单的原器件组装而成的；最高级的生命，也是由最简单的元素构成的。在这座社会大厦里，每个人都有一个位子，我们就是大厦的一块砖、一粒砂石。

当我们遇到最复杂的问题需要解决时，怎么办最有效率？那就把复杂的问题一件件分解开，使之简单化。然后再综合分析这些看似各自孤立的细节是如何联系、结构在一起的。

我们已经进入最复杂的数字技术时代。最复杂的技术，却只用最简单的 0 和 1 两个数字来运算、加工、存储、传输和还原信息。因此，用一句话能表达清楚自己的意图，就绝不要说两句话！

118、缺憾

因为人生并不完美，所以人们对完美越加渴望；正因为人生有种种缺憾，那执着地追求完美，才有震撼人心的力量。

人造的完美往往使人失望，于是缺憾就成为不朽的雕像。

119、走自己的路吧

耐心与等待不是一回事。耐心的确是等待的前提，而做任何事情都需要耐心啊！

我等得不耐烦了，离开了，我仍然到达目的地。原来他给我设计的氛围本是虚假，不是真诚，是丑恶的邂逅，我等下去，就是一场骗局，莫不如走自己的路。

我欣赏你的观念，也赞赏你的选择，但是我会走自己的路。

120、资本的天性

资本像人一样，有生命周期和生死轮回；有灵魂与性格；有外表和本性。

它生于商品经济，最终会死于市场经济，现在如日中天，还没有日薄西山、风烛残年。

它的灵魂，就叫欲望；它的个性叫贪婪。无利不起早，终极追求是利润，此外没有何求。

它姓私，但它要求社会民主，民主保证资本对社会权力的掌控；而它自己内部的权力结构是世袭的独裁和专制的封闭的。

它又姓钱，它的躯体由金钱累积而成。钱变钱是它的生存秘密。钱，只有流动起来才能变更多的钱，就像水一样，不流动就腐臭了。所以，哪里能钱生钱它就往里流，故而它最渴望自由，不受任何限制的自由。它把它雇佣的政府关进了权力的笼子，就是为了自己更自由。

121、圈子

凡有人群的地方就有圈子和团伙，有利益的结盟，也有气味相投。看春秋的时候，胳膊粗、力气大的诸侯，一定是要当盟主的，屁股后面跟着一群小兄弟，老大看哪个诸侯不顺眼，一声吆喝群起而攻之。现在的世界不还是这样吗?! 人，这种动物就是这德性。

122、造神的逻辑

个人犯错的时候，把错误的主因归于集体；集体的互助责任他从来不去承担，而他还是这个团体的成员。可怜的集体群主说，他的错就是我们的错。因为，我们是按照一人一票的规则，选出我们的代理人。如果我们选出的人是傻子，我们就更可以把他塑造成神的继承人。

123、我的猜想

生命究竟是什么呢？只有人类才会问这个愚蠢的问题。谁能回答呢？我曾经说，人类科学再发达，永远不能回答。现在，我猜想，我们可能是虚拟的东西。

人类一直争论：精神第一，还是物质第一？哈哈，活着的时候物质第一，死去的时候精神第一。

杞人忧天的人说，智能机器人将取代人类。这是最可笑的神话。人类只要不生产高智能机器人不就完了吗?! 骗子的话，须要在大脑过滤。现在的世界已经划分"三个世界"，物质世界、精神世界，还有互联网的虚拟世界，成为生命活动的主要平台。

124、盛极必衰

正当午时的太阳光芒四射，灿烂辉煌。然而不久它就渐渐西沉，直到落入地平线下。身处巅峰的人，如日中天。然而巅峰不能久居，迈出的第一步就是下坡路。盛极必衰。聪明的人最聪明的选择是：见好就收，激流勇退。

125、伤感的春天

一年又一年，从春到秋，而夏与冬是最让我记忆的季节。夏天有鲁迅最讨厌的蚊子，我也一样在蚊子的吸血中熬过夏季。冬天，无边的雪原给我无尽的遐想，但不是真实的。迷人的秋，短暂，就如情人的离别依依不舍。春天，让我怀念童年，而童年让我无限伤感。因为，我最亲近的人，生我养育我的人，都活在春天的记忆里。

126、面子

　　清晨，小猫咪会用爪子洗脸；鸟儿会在闲暇时梳理羽毛；孔雀开屏可能也是展示魅力；人呢，更不要说了。时尚和美容是女人最多的消费，显摆英俊潇洒和健壮，男人们啊，也费劲心思把自己包装。爱面子，可能是灵性动物共同的习性？

　　乞丐，蓬头垢面，衣衫褴褛是他标志性象征；而你嘲笑他，他却愤怒；黑道大哥，内心肮脏黑暗，而"给我个面子"，是摆平纠纷的口头语。面子比金钱还重要，与性命等同。

　　你不给有面子的人面子，可能会很危险。人不能不要面子，死要面子则散发着人性劣根的腐臭！

中篇
一片叶子

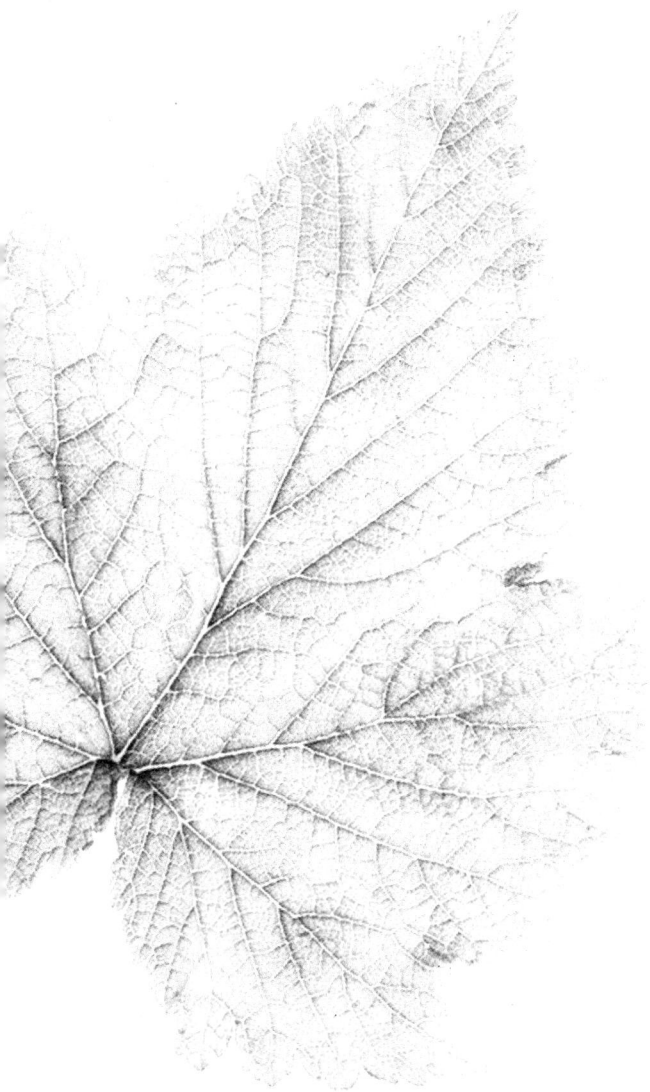

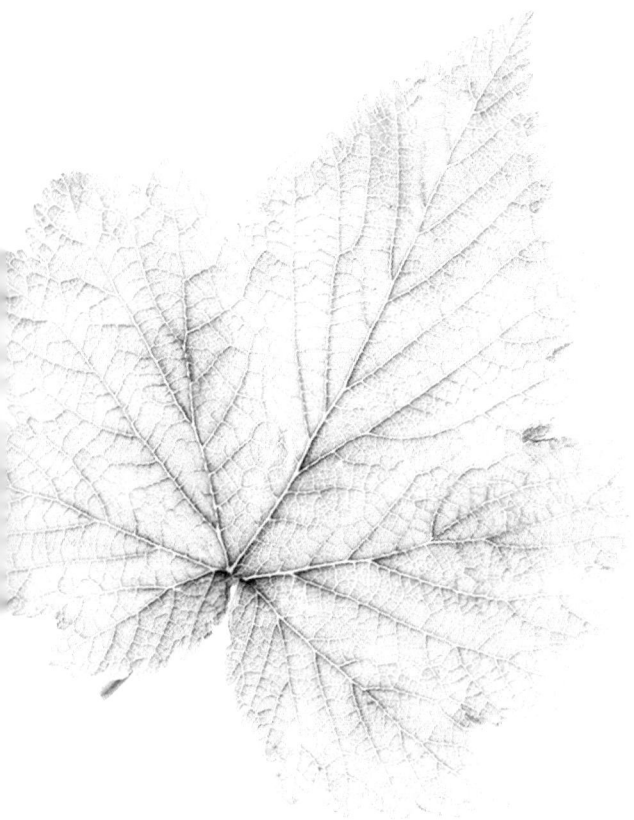

致诗人仓央嘉措

题记：仓央嘉措，六世达赖喇嘛，享誉中外的诗人。1706年，仓央嘉措因受西藏上层统治集团政治斗争牵连，被清康熙皇帝废黜。在押解进京的途中，行至青海湖神秘失踪。

在静静的青海湖边
我想起一朵圣洁的青莲
你消失在这里，让人们永远怀念

皓洁的月亮，升起在东山顶上
你看到的是她，明媚的笑脸

你闭目在香雾缭绕的经殿
超越诵经声和长号声
你想到她触摸你的指尖
和她贴近你的温暖

你不想修来世
只为在路中与她相伴
你把爱看作永恒，不舍不弃
永远住在心里

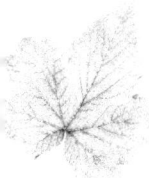

你曾经问佛
为什么不给她永远美丽的容颜
你知道，时间就是过眼云烟
一朵花的盛开，就意味着凋残
你的爱心，让佛感叹

你说，情人丢了，到梦里去寻找
而一旦梦醒了，她还是音讯渺渺

你说，在佛光闪闪的高原
三步两步就到天堂，而真要走起来
一生都走不完
花开花又落，流水永不停歇
而人生只是一春一秋

你说，在莲花下，血比铁硬
是啊，政治就是铁血
你的理想和改革，不会被政客理解

你是佛前的莲花，莲心是你的象征
你把纯洁的爱留在高原，同时也获得永生
青海湖静谧如镜，我看到了你
披着袈裟的身影

神湖啊，拉木错

神湖啊，拉木错
你是高原人的明珠
造物主的恩赐和眷顾
清澈、静谧
少女般的纯真
映照美的人心

神湖啊
雪山是你的守护神
滴滴溶水
使你生生不息
而你的乳汁哺育着
草原的精灵

神湖啊
你的美丽
来自于大爱的心
人世间的丑恶
在你面前，瞬间就被
洗涤、净化
即使我不能永远陪伴你

而你已经融入
我的灵魂

致漓江

漓江，我梦中的情人
我热恋你的时候
还是一个少年
在聆听刘三姐的山歌声中
描绘你的芳颜

从此，我心驰神往
一回回梦里投入你的怀抱
一次次与你失之交臂
而我，痴心不改

岁月，消磨了我的青春
我的春心依然萌动
梦想着化作鱼鹰
与你相伴永生

蒲公英

一团团绒絮
随风而飘
找它落籽的根
它似乎也是
随缘的女孩
抛出绣球
等待回声

其实，缘分就是这样
你追她，追不到
你失望了
她飘到你的
心上

遥 远

手机将远方的朋友
拉近了距离，而
近在咫尺的朋友
躲在了手机后面

脑海中出现一串影像
传书的鸿雁
翱翔在蓝天的信鸽
驿站的快马
烽火台的狼烟
鲤鱼木椟
秘密信使
电报
短命的传呼机
摆在客厅的有线电话

我茫然了
最先进的手机
却让人与人的距离
更加遥远

只留下金子（外二首）

在我
记忆的海洋里
沙子被过滤了
只留下了金子

松鼠

老鼠
让我想到肮脏和贼
那翘着尾巴的
毛茸茸的
机灵鬼似的
松鼠
让我想到可爱

春之声

杏花儿开遍旷野、村庄
清溪中小鱼儿游荡
布谷鸟悠长地鸣唱
野草染绿山冈

黄牛在田里耕忙
童年的我
将手中的柳笛吹响
这是我梦的故乡

回 归

我本是冰川的一滴溶水
不经意间流入小溪
小溪流入江湖
随之到了大海

我已经不存在
无数次被分解
连沧海一粟都不算
走那么远的路
我也累了

渴望回到冰川
回到家园
然后，我还原成冰

彩云 · 云雀 · 雪莲

从九天飘下一朵彩云
那是人间最美的的花
风儿啊
你切莫吹
让她留下的时间
更久远一些

云雀的歌声
我从来没有听到
而我的歌吟中
已经反复出现
云雀就是天使派来的
百灵鸟啊

雪莲啊
我只有到雪山去
才能一睹你的芳颜
而我距离雪山
越来越遥远
而这遥远
才会有对雪莲的思念

月牙儿(外二首)

月牙儿
悬挂在夏夜的天穹
她如太阳一样金黄
又像姑娘微笑的嘴角
看起来距我很近
其实，非常遥远

七夕

这一天
园中的老杨树显得寂寞
我也没有听到喜鹊的喳喳声
喜鹊哪去了
到银河去了，今天是七夕
老杨树说

静夜

夜幕落下来
鸣蝉休息了
荷花池非常安静

月影倒映在水中
我只听到
蟋蟀的窃窃私语

刈 草

牧人
双臂有节奏地挥动
长长的扇刀，割下
一片片苜蓿草
清爽爽的空气中
回荡着嚓嚓嚓的响声
草香味儿
涩涩的苦苦的
随着风儿，四处飘散
彩蝶儿、蜜蜂儿
在草丛中飞舞
缱绻，缠绵
远处的森林传来
云雀的歌声
我梦中的草原啊
我醉了

舞 者

——致青年舞蹈家王亚彬

你舞动的长袖
犹如天幕的彩练
这梦幻的舞台
不知是天上还是人间

你飞跃的双足
好似午后荷花池中的蜻蜓
如此轻盈
不带一丝微风

你蜿蜒起伏的腰肢
恍若幽谷中回转的清溪
出尘入净
如醉如痴

你每一个舞步
每一个舞姿
都是天籁之声
美的精灵

远去的足音

听那远去的足音
我看到了先辈的身影
我们在重复
一个历史旋律
一首生命的赞歌

听那远去的足音
我看到了我的身影
一个十八岁的青年
即将走向他未知的战场

草绿色戎装
让我瞬间成长
我远去的足音
是她的心音

这心音是我有节奏的鼓声
伴随着鼓声，我走向远方
先辈啊
我重复着你的故事

菊 啊(外一首)

菊啊
我以为你只是豪门厅堂的摆设
让你的主人附庸风雅

我的草原之旅
第一次看到你金黄的神韵
一望无际的野菊啊

你的歌声在我的耳畔响起
是野性的自然的脉动
我刻骨铭心地记住你

冰凌花

冰凌花啊冰凌花
你开放在北国的早春啊
春天来了
我却找不到你啦

冰凌花啊冰凌花
你不惧寒冷

第一个报告春天到来啊

冰凌花啊冰凌花
你是最美的女孩
绽放在早春下

冰凌花啊冰凌花
我希望春天停止
没有芳华

静静的莱茵河

在莱茵河边
度过美好的一天
河对岸的古堡
让我迷恋

它给我太多的神秘和联想
日耳曼贵族啊
为什么那样恐惧与孤单
把自己困在山巅

静静的莱茵河
几乎没有波澜
如镜的河水
倒映出历史的硝烟

莱茵河曾经是红色的
不像今天这样碧蓝
时间，淹没了一切
也改善了一切

奔流不息的莱茵河啊

不知有多少道湾
但是，你一直不回头
投奔明天

落英的叹息

铺满花瓣的山径
我依稀听到
落英的叹息
青春在黎明绽放
黄昏中就已经逝去
虽然枝头青果累累
我依然怀念红颜的美丽

假如不是红颜的短暂
有谁会把青春珍惜
伤逝，让我心疼
葬花，让我想起黛玉
一切都会过去
唯有那一缕幽香
成为永恒的回忆

前世今生

我相信，今生的路不会是前世的路
我不敢相信，前世的知己是否在同一旅途

为什么，我会在某个地方，忽然感觉
我来过，似乎我说的话也是曾经说过了

为什么，我看到一位陌生的人，一见如故
而朝夕相处的人，却形同陌路

难道说，缘分真的存在
前世的仇人，今生也不能化干戈为玉帛

今生的恩爱，难道真是千年积累的情愫
来世，我们是否还能共枕眠

假如，真有来生，我最大的愿望
是纠正今生的错误，改变今生缺陷的人格

假如，来生做人，我最深的渴望，是
与我最思念的姥姥、母亲、父亲重逢

牵 手 (外一首)

哦，牵手
三千年前的一位姑娘
就与情郎牵过了，成为绝唱
我回味被牵手的滋味

牵手，就是感觉
不能用语言表达的喜悦
一生也只能有一次
而这一次，就足够了

等待

假如，这个时空错过的姻缘
在另一个时空等待
假如，是真情
没有时空阻碍
假如，什么都不存在
就没有等待

空 灵

我曾经在林海雪原中旅行
白桦林如魔鬼一样吸引我
哦，它的树皮可以写字
入药，做皮舟……

我喜欢独自穿行在白桦林中
沉醉于万籁俱寂的雪原
听自己踏雪的咯吱声
这时候，我思维进入空灵

回 声

回声，我曾经以为那是我自己的声音
在高山峡谷中，我纵情呼喊
我……来……啦……

回声，其实已经不是我的声音
那是大山的回答，它把我的声音美化了
变成悠长的、震颤的旋律

此岸与彼岸

彼岸与此岸，就是一条河的两岸
其实，没有彼此
我是你的彼岸，你也是我的彼岸

假如有了桥和船，还分彼此吗
既然如此，何必彼此不堪呢
失去了彼岸，此岸也消失了

山杏花

如果看杏花，还是山杏花最美
美在那气势，不是一株两株，而是
满山遍野的粉红色彩，绚丽无比
画家被激发灵感，杏花变成涂彩的长卷
诗人陶醉了，步入人间的仙境，如梦似幻
而农夫听到杏花林中布谷鸟的鸣叫
扶起牛犁，开始春的播种

古罗马角斗场随想

走近古罗马角斗场，我的感觉有些苍凉
透过断壁残垣，依然会感知它往昔的辉煌
我似乎还听到了，疯狂的呐喊，金属的铿锵
看到了飞溅的血迹，倒下的斗士，胜利者的欢唱

罗马人疯了，他们不再有理想与梦想
金钱腐蚀了他们的灵魂，只剩下贪婪与狂妄
腐败与淫乱解构掉社会的机体，罗马支离破碎
以观看杀人表演取乐，他们是自我麻醉

罗马城，没有在奴隶起义的地震中垮掉
而身穿兽皮的野蛮人——哥特骑兵，轻而易举地
将它洗劫一空。帝国敲响了丧钟

任何帝国都不会永存，即使号称日不落帝国
从巅峰滑落，可能仅仅因为一件意外的事情
有时会有回光返照，但死亡已经注定

窗 外

看窗外的风景，就好像
我旅游时，照相机里的图片
局部的、喜欢的、美丽的一隅
丑陋、凄凉、废墟
被我忽略和掩盖了
我不敢正视那些我不喜欢的东西

真的勇士
应该敢于直面淋漓的鲜血
死亡生命的腐肉，还有那
卑鄙的出卖和贪婪的灵魂
我是那勇士吗
我不是
勇士需要在炼狱中诞生
英雄需要在苦难中成长

生履无痕

一个诗人走了
我们都会走的，或早或晚
走在路上，我常常想
不知有多少人也匆匆走过
这条路，生命之路

时间淹没了足迹和一切痕迹
注定我们悄无声息
假如，我走了有谁记起
我的足迹

我无目的来到人世
尽量想有目的离开
不知这个努力如何
我心里淡淡伤感

哦，丁香（外一首）

在北方
没有雨巷
紫丁香开放在庭院、山冈
五瓣小花
被我遗忘
暮春的和风
送来一阵阵幽香
哦，那是丁香姑娘
我一步步走近她
陶醉于她的芬芳

向日葵

美好的期待
在太阳花开放的时候
太阳朝升夕落
你追逐他的温暖与光芒
始终不渝
秋，冷却了阳光
你把热量收藏
黑子，变成饱满的籽粒
太阳花啊

蓝色，生命的底色

月亮，你看到是蓝色的
蓝色是生命的底色
这，也许就是月亮的真实

海洋，是深蓝
那是生命的起源
地球，旅行者在太空中看她
是蓝色星球

色彩，是人的灵魂符号
选择一种色彩
就是选择人生
蓝色，注定宽广喜静

一笑前缘

前世的婵娟
在不经意间
错过

走的路
正好相反

擦肩而过
相视而笑
不知姻缘

今世，寻觅她
潮水似的人流
不曾再见

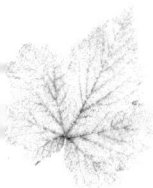

收藏，我的时间花瓣

我走过的路
撒落片片花瓣
这是时间的花瓣
我把她
收集到心里
不再赠予
自私地留给自己
当我走过四季
唯一这收藏
是最美好的回忆

如 果

如果你是一朵云
期待你变成甘霖
滋润万物

如果你是河流
只要不流向塔里木
最终目标还是大海

如果你是一片树叶
就是生命的母亲
无怨无悔

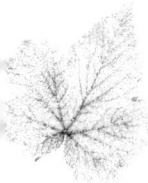

与银杏树的对话

高大的银杏树，静静地
伫立在庭院中
偶尔，吹来一阵夏风
树枝轻轻晃动，似乎向我招手

我问它：贵庚啦？
它说：哦，我七十多岁了
我说：那，我比你年轻
不过，你可能渡过千年岁月
而我一生不过几十年

我想问你，千年的时光里
你就这样站着不动，不觉得
厌烦吗
它说：我不感到厌烦
因为，我的根就深扎在泥土中

我不像你，而像浮萍
我不能在一个地方停留太久
我曾经厌烦读书
厌烦我做过的所有工作

厌烦故乡山山水水
厌烦城市里的高楼大厦
厌烦社交
厌烦吃吃喝喝
暂时还没有厌烦活着
今天，我忽然觉得写博客
没意思了
是不是又厌烦啦
很可能

它说：哦，你这样的心态很不好
生命越是短暂，越该珍惜
一生哪怕只做成功一件事情
也不枉活一世
而做成一件事
最重要的是坚持
你说是不是
我无语

小船追月

小船
童年的记忆
那纸折的小船
漂流在小溪中
漂流到我不知道的远方

后来
我在海里找到了它
它在追逐海中的秋月
那皎洁如洗的圆月

这只是个梦
从来不存在
因为，小船从未离开故乡

快递浪漫

有一天，好友问我
你，浪漫过吗
很遗憾
我没有

失去的浪漫
也无须寻觅
浪漫是浪漫者的追忆

把一生的浪漫
打包快递
寄给未来的自己

前生的约定

牵手
是前生的约定
今生的履约

在茫茫的人海中
只有你
进入我的眼帘

这是缘
如果失之交臂
不要遗憾

我会在来生
不约也相见

我的追求

有天堂吗
有地狱吗
如果有
在什么地方
我告诉自己
天堂在心里
地狱在心里
神在心里
魔在心里
心魔、心鬼是真实的存在
其他，还有什么
如果，你的心是澄净的
你是黄山的深潭
如果，你的心是没有落差的
你是庐山瀑布
如果，你的心是高远的
你就是空中飞行的天鹅
如果，你是无私的传道者
你就是随风播种的蒲公英
我的心，追求什么
深潭

瀑布
天鹅
蒲公英

白云与雪山

白云与雪山拥抱
江河与土地拥抱
亲人与亲人拥抱
爱人与爱人拥抱

雪山与江河疏远
但是，雪山是江河源头
大海与海岸最亲密
而它们经常激烈地冲撞

争吵最多的是亲人
伤害最多的是爱人
唯有白云与雪山
是永远的情人

一片雪花

掬一片雪花
童年的梦
还有，雪花一样的窗花

它们不是花
而我难忘它

掌中的雪花
瞬间融化了
还没有看清它的容颜

或许这是一生的遗憾
我不再关注它

一世的轮回
我又想起那片雪花

一缕馨香

一缕馨香
在一个少年心中深藏
很久了，他没有淡忘

是花香，还是体香
他一直畅想
在回味中感伤

在迟暮的夕阳
追忆遥远的山乡
野菊花开放的山冈

一米阳光

云雾缭绕的玉龙雪山
终日不见阳光灿烂
如果云开雾散
只有秋分那一天

那一天，阳光铺满峡谷山峦
沐浴在阳光中的男女青年
爱情会比蜜还甜
可是嫉妒爱情的山神
偏偏拉上雨雾的帘

风姑娘，为爱而殇
日思夜想她的情郎
趁着山神午睡的时间
她偷来一米爱情的阳光
放在雪山岩洞里珍藏

山神的午睡时间短暂
一米阳光被他追还
从此，人间的爱情啊
虽然像阳光一样绚丽温暖

可是它，不能天长地久
也不能海枯石烂心不变

一棵树

一棵树的后面还是一棵树
树与树之间保持距离
这是生存的距离，不能太远
也不能太近。树与树需要支撑
共同擎起一片蓝天

一棵树的后面还是一棵树
树与树争先恐后地拔高身材
争夺那生命的阳光和雨露
得不到阳光雨露的眷顾
它只能长成树下的灌木

一片叶子

第一片落叶
随风飘下
我没有注意它

第二片落叶
随风飘下
触碰我的头发

第三片落叶
随风飘下
我感知到秋天来了

在不知不觉中
秋叶在林中铺撒
我知道寒冬不远了

一座城

一座山
浓缩成一座城
一座新城

整齐排列的民居
一平方米
长方形的石碑
镌刻灵魂的符号

一座城
搬到另一座城
喧闹转为寂静
无数的故事被埋在
石椁下面
唯有风声，诉说衷情

踏 青

踏青去吧，女孩对男孩说
我听他们的谈话，心想
很浪漫哟，我不曾有的经历
我拥有是，在漫长的冬季
在积雪没膝的山上砍柴
我歇息的时候，品尝雪埋的山里红
还有紫黑色的山葡萄。这是我的乐趣
夕阳落山的时候，把装满柴的雪爬犁
拉回家。我特喜欢听踏雪的声音
那就是我弹奏的胡琴曲
还没有到家，大花狗就远远地跑来
摇着大尾巴欢迎我，它的叫声
似乎是说，你辛苦了

我感知春天的到来，是因为
冰凌还未完全消融，金黄色的冰凌花就开放了
积雪开始融化的时候，向阳的山坡上
乌拉草率先露出绿芽，紫色的猫骨朵花
吐出骨朵。野蒜刚破土的时候是紫色的
渐渐变成绿色。再过几天，田里冒出
一片一片的苦菜。这时候我不再砍柴

而去挖野菜。不知不觉间，河边的垂柳
涂染了鹅黄色，山冈染上了绿色
粉色的、红色的鞑靼香点缀着青山
当山杏花绽放笑颜的时候，我不再挖野菜
而是牵着黄牛到田里种庄稼了

唉，我从来没有享受踏青
因为，少年的我一直都在青山绿水中

空

天的别名叫空
地球悬浮在空中
微小的原子，也是一个
小宇宙的空间
空间承载一切实体
假如没有空间
实体还能存在吗

把装满垃圾的心
清空吧
空灵的心，才能
承载下浩瀚的宇宙
或者，像那空空的玻璃杯
用它装满一杯纯净水

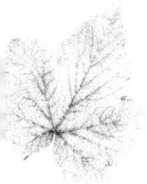

发 现

这座山，有无数人攀登
只有一个人，站在山顶
久久地凝望对面的山峰
那是普通的山峰吗
山顶，像一个和尚的头颅
眉目清晰。缠绕崖壁的水流
不就是和尚胸前的念珠吗
那和尚，呈现坐姿，不是打坐
双手握着拳头，随意搭在座椅边上
呀，那不是弥勒佛吗
山是一尊佛，佛是一座山
他差一点惊叫起来

后来，那座山起名"千山大佛"
后来，高僧为大佛开光，天空
出现观音菩萨的祥云
再后来，工人们在修筑拜佛台时
挖掘出古代的香灰土，专家考证说
早在唐朝时，这里就是拜佛台
一千年前，人们就发现了千山弥勒佛

预言家

我在少年的时候
第一次读《道德经》
似懂非懂，最不理解
不出户，知天下
不窥牖，见天道
我疑问：不出家门
怎么知道天下事呢
不观察窗外的天象
怎么会知道日月星辰的
运行规律呢

几十年后的我
坐在电脑前周游世界
忽然想到老子的这句名言
而且，我神奇地看到一幅画面
一位骑着青牛的白胡子老头儿
缓缓地走出函谷关，一路向西
关长尹喜，目送老人消失在天际
司马迁说，这老头儿不知所终
其实，他曾经穿越到了 21 世纪
所以，他成了公元前 5 世纪的
预言家

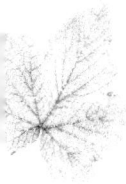

父 亲

父亲去世二十多年了，在我的记忆中
他一直为一家人的生存而劳碌
每天夜里的咳嗽声和呻吟声让我刻骨铭心

我们从来没有一次长谈，默默无语是常态
少年的我就特立独行，我行我素
他的隐忍，我没有继承。而勤劳与坚韧
在不知不觉中成为我性格的一部分

我不知道他一生有没有快乐与安逸
我看到的他始终是负重前行的身影
他来到这个世界似乎不是寻求自己的幸福
而只有一次，我看到了他的笑容
那是他病重的时候给我发来一封信
想看看他的孙子。当他看到孙子的那一刻
让我酸楚而动容

一幅油画——《父亲》
让我心灵无比震撼，泪流满面
画中的父亲不就是我的父亲吗

刺玫花

很多年前
有一个放羊娃最喜欢一种花
而他一直不知她叫什么花
后来，他请教戴眼镜的先生
先生说，她是野蔷薇
也叫刺玫花

是啊，她野啊，满身是刺
春花凋谢了
她开放了
山上飘散她的香气

过了很久
放羊娃再次见到她
她结出鲜艳的红果
那果实不能吃
放羊娃，失恋地离开她

抛出一粒石子

有心抛出一粒石子，落在湖中
无意惊飞了一只落单的鸿
鱼儿游过来，以为是天上掉下的馅饼
我期待的回声，很微弱
——咚！于是我向湖中抛出更多的石片
湖中泛起一串串水花的倩影

你走近我的是影子

你走近我的是影子
我曾经感知你的真实
又觉得模糊
而你，真实的一面
并不存在于我们交流的空间

也许，你也把我当作影子
是啊，这不是错误
这个世界好像就是
一个虚拟的空间
一切都是镜像

这个中秋

这个中秋
月亮啊，躲在了
阴云后面
我听到了
她的哭泣

月亮啊
你不必悲伤
阴霾迟早会散去
千里共婵娟
一样的笑脸

父亲的豆腐坊

父亲，喜欢做小生意的农民
他眷恋土地，最爱在自留地里种蔬菜
一根扁担，挑起两筐青橙黄绿的菜
来到集市叫卖：刚摘的豆角、黄瓜嘞……

父亲讨厌集体的劳动方式
他常感叹，一个人能干的活
怎么十几个人去干
"磨洋工"，是对付日本鬼子的办法
于是，他当上了生产队的羊倌

后来，父亲连羊倌也不当了
在自家开起了豆腐坊
他做的豆腐十里飘香，名气远扬
豆腐……干豆腐……水豆腐……

啊，卖豆腐的老赵头来了
一家一户的老太太、小媳妇
纷纷端着小盆，推开柴门
用黄豆交换父亲的豆腐

117

终于有一天，乡邻们听不到
卖豆腐的老赵头的吆喝声
偶尔，还有人打听
老赵头怎么啦？好久不见他来了

母亲的石头记

母亲，农村妇女的另类
一辈子酷爱读书，稍有空闲，手不释卷
一部《石头记》，看了无数遍

古色古香，晚清线装，姥爷书藏
手捧《石头记》，母亲也有梦一场
这个梦，进城工作梦，被姥姥和父亲阻挡

后来，母亲人到中年，时常牢骚、埋怨
一辈子的理想被你们（姥姥、父亲、我）摧残
而母亲的《石头记》，也借给了乡邻没有还

唉，母亲到了晚年，我接她到城里居住
她却不再喜欢城里人的一切生活方式
最终，她回归了田园，也梦碎在田园

姥姥的蓝色印花包

如果有人问我，你最怀念的人是谁
我肯定地回答：是姥姥
我在她老人家怀抱里长大

姥姥，二十岁的时候，姥爷就去世了
她没有改嫁，把遗腹子的女儿养大
我成年后，一直揣摩姥姥一生的艰辛

我记忆最深的细节是姥姥的印花蓝布包
只要我一淘气，姥姥就生气了，她说
你再胡闹我就走了！于是就往包里装衣物

每次发生这样的事件，都是我妥协了
从此，每次放学回家，我远远就喊
姥……姥姥
如果姥姥没有回应，我一定痛哭失声

我一生最悲痛的一天，是姥姥没有回应
她永远地离开了我，我已经是少年
她，姥姥，成为我永远的怀念

石磨坊

石磨坊
文明的起点
粗糙的粟
变成食粮
磨坊中的毛驴
被蒙上眼睛
不停地转圈拉磨
它永远不知道
聪明的人，在
利用它

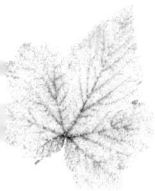

诗人的雕刻

诗人用心雕刻
历史的碑文
而历史是一幅
生活长卷
皇帝
农夫
商贩
走卒
少女
情人
音乐
彩画
高山
流水
小桥
人家
小桥上的行人
还有自己孤独的灵魂
都是长卷的符号和色彩

我的乡愁

我的乡愁，不是地理隔绝
故乡，近在咫尺却日益疏离
在我梦里，它一次次出现
每一次出现还是那一间茅草房
每一次梦中醒来让我无限感伤

乡愁，是游子的寻根渴望
思乡，是没有差别的恋母情结
那海峡对岸的乡亲呢
与我是一样的乡愁吗
心灵的融合比隔绝更困难
我知道中华民族的融合
很多次都借助战争杀戮与征服
我的乡愁啊

风

风把我吹来
风把我吹去
我想停下来
风不允许

我就是那片叶子
想回归生我的树根
而风不停息
它随意摆布我的归去

我们从哪里来

我们从哪里来，到哪里去？
这还需要问吗？
我们从泥土中来，回归到泥土中去

女娲用黄泥巴捏成一批小东西
就是我们这些黄皮肤的人类
她吹了一口仙气，我们就有了灵气

气，是我们的灵魂
泥土，是我们的肉身
你不信
构成我们生命的元素
泥土中都有

油 灯

当我上小学的时候
家里还用煤油灯照明
这盏玻璃罩的煤油灯
是姥姥家传下来的，很久了
几十年过去了
那盏煤油灯不知所终
电灯取代了油灯

我早就希望这一天的到来
而真的来了，我却怅然若失
淡淡的伤感涌上心头
我怀念那盏煤油灯
电灯虽亮
却取代不了我对煤油灯的感情

爱情的真谛

看《红楼梦》，青年看到爱情悲剧
中年，我不看《红楼梦》了，太忙了
所以，中年时我对红楼故事没有丝毫兴趣
因为，我要养家糊口。宝玉是败家子
对我没有任何吸引力。我爹是穷人
我想成为富人，必须奋斗

爱情，是女人的事情
男人的爱情是征服
而征服不是爱情
我退出爱情的争论
我知道爱情的本质是化学反应
是造物主的程序设计

爱之太深，反受其害
因为，你深爱的人
必定离开你，没有商量的余地
这种离开更多表现是永诀
你既然明白就要承受

爱情，永远伴随着眼泪

127

爱情，永远伴随着伤痛
爱情，使我留恋这个世界
爱情，唯一的永恒

人参丫丫

阳光有照不到的地方
生命依然顽强地活着
长白人参啊
就生长在密林深处
在白山密林中
我意外地邂逅人参丫丫
惊喜，不能用语言表达
稚嫩的几片叶芽
绿荫给她撑起遮阳伞
树下的枯叶为她铺就暖床
她，睡着了
非常安详

樱花雨

沐浴在夕阳里
凉爽的春风习习
少女的发丝上
洒满粉色的花瓣
天上飘起樱花雨

樱花雨，樱花雨
她明眸中噙着泪滴
男孩不知她的心绪
为她撑起花伞
为她拂去花瓣
却引来女孩的哭泣

樱花雨，樱花雨
男孩和女孩啊
把它留作永恒的瞬间吧
这是你俩最浪漫的回忆

背 影（外一首）

背影，我久久望去流泪了
他们在我的时间光谱中消失了

背影，我突然疯狂追赶——姥姥
她是我降生后，我第一个认识的人
背影，我向他招手，徐老师
他是第一个教我认识汉字的人
背影，叫我第一次喝酒的人
我呼唤，师傅！他听不见了
背影，没有了，剩下的是
我的时光背影

伤离别

我最亲的人，很早就走了
我最怀念的人，已经忘记了
最值得我感恩的人
竟然不知是谁啦

这是我的自白，我的忏悔
你不许骂我

雪松致腊梅的一封信

梅，你是画家的爱女
你是他长卷上的永恒主题
梅，你是诗人的情人
赞美你的诗篇从远古吟咏至今

梅，我只在梦境中欣赏过你的娇美
却从来没有目睹你的容颜
梅，我生长在北国的山巅
而你生长在长江岸边

梅，我多少次渴望在飘雪的季节
与你在浪漫的氛围中约会
梅，我是长白山上的雪松
怪只怪我们相隔太遥远

梅，只有在诗人放声吟唱时
我们才能在同一旋律中相逢
梅，只有在画家挥动彩笔时
我们才能成为画卷中的伴侣

致妻子

窗外传来噼噼啪啪的雨声
我想到我们相亲的情景

那一天虽然天晴日朗
而你与我渡过的是风雨人生

心怀很多歉疚
而我不能再有机会补偿

钻戒、玫瑰花，爱情的象征
你居然没有得到而伴我一生

你，母亲，似乎是同一个人
时常让我在这个梦中惊醒

雨，还在尽情飘洒
我怀念与你牵手的一刹那

缘 分

产房外
有两个男人在焦急地等候
怎么形容呢
就如热锅上的蚂蚁

那一个时辰
有一个男孩和一个女孩同时诞生
而我再也没有看到女孩的父亲
心中总感到遗憾

人的缘分如此短暂
近在咫尺
却远隔天边

怀 念

我知道您已经远行
而儿子却怀念至今

生，为什么这样痛苦
因为没了母亲

为什么让我出生
承受着这永别的思念

我昨天梦见了您
一盏油灯突然点亮

我拼命地撞击房门
门，没有打开

灯，熄灭了我却清晰地看到了您
我知道还不到母子相会的时刻

夕颜花，我童年的记忆

柴门外的夕颜花
黄昏时，露出洁白的笑脸
在银色的月光下
我和她悄悄说话
葫芦花，葫芦花
快快长出葫芦娃

金色的晨曦中
一朵朵雪花似的夕颜凋谢啦
我伤心地去找牵牛花
我问她
喇叭花，喇叭花
你怎么流泪啦

云 彩

假如天上的云彩
是一片忧郁的云
那就挥一挥手
让它去吧

假如那挥手之间
带来一朵欢快的云
就让它留下吧
给你带来期待

天上的云吆
那是姑娘一生的梦
而那最绚丽的
是朝霞

冬至了，你还好吗

题记：这首诗，是赠给"一尾忧郁的鱼"博友的。

阳光移动了几个刻度
我觉得很长很长了
冬天又来了
你还好吗
小鱼儿
不知什么原因
虽然不常来串门
仍然有一丝丝牵挂
你还好吗
既然冬天来了
春天也不远了

梵·高的向日葵

在地铁的一角
向日葵跳入我的眼睛
哦，梵·高的儿子
克隆的

他把无限的寄托
都赋予了儿子
耗尽生命的能量
留下太阳一样的金黄

他活着的时候
没有人理睬他的儿子
今天，他儿子成了贵族
粉丝无处不在

我的秋天

秋啊
我童年的梦
山里红熟了
苹果红了
山葡萄黑了
我尽情地享受美味

秋啊
我青年的悲摧
哪里去寻找芳菲
一夜之间啊
花儿呀
已经果实累累

秋啊
我中年的沉醉
凉爽的晚风
鸿雁的南归
沉淀我的浮躁
让我知道
四季的轮回

秋啊

我迟暮的光辉

丹红的枫叶

幽香的迟桂花

还有那多彩的晚霞

都是我

最后的风华

折翅的鹞鹰，我童年的故事

我家的老母鸡
绰号叫蝈蝈
行走迈方步
因为太肥硕
经常钻进菜园里
见到嫩嫩的菜苗
左一叨，右一啄

我展开双臂学鹰飞
鹞鹰来了
鹞鹰来了
吓跑这贪吃学坏的
臭蝈蝈

有一天
鹞鹰真的飞来了
它先在草房上空
左拍翅，右盘旋
不一会儿
一个俯冲扎进菜园

我急匆匆跑过去
鹞鹰奄奄一息
一支翅膀折断了
再也飞不起
伤口滴着血
嗜血的苍蝇把鹰欺

可恶的绿头蝇
舔血乐嘤嘤
我叹息一声要离去
却见跑来老母鸡
蝈蝈咯咯叫
啄蝇真解气
一口吞一个
嗉子鼓鼓的

故事到这没有完
鹞鹰终于飞上天
我救鹞鹰整三月
从此,我对蝈蝈另眼看

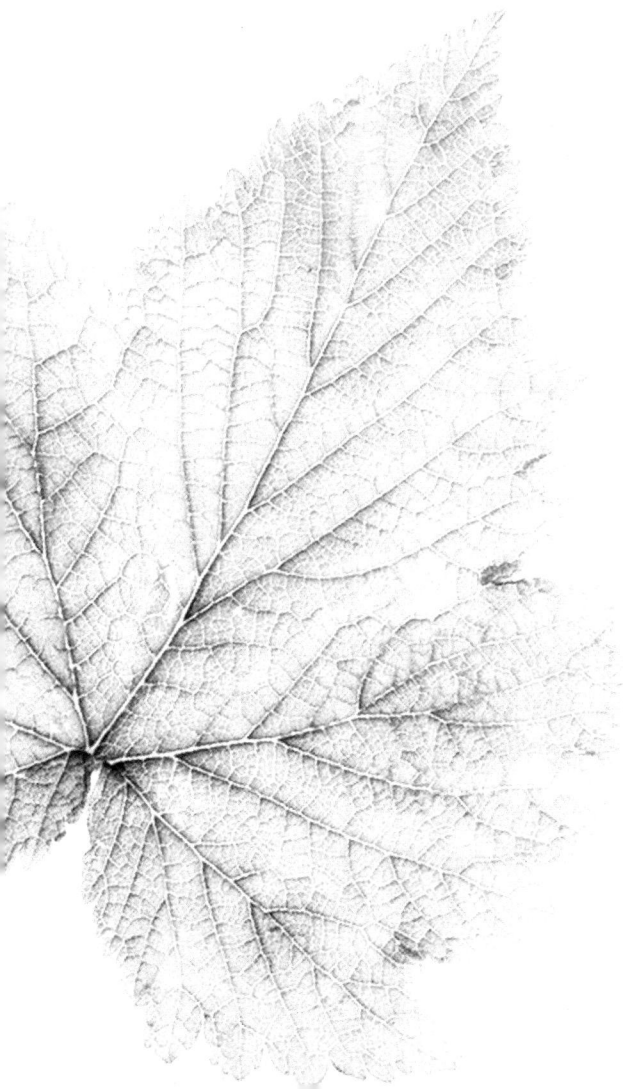

下篇
英雄颂

英雄颂

　　题记：北风裹着雪粒，咆哮着掠过军营。这一天，全班战士列队送别退伍的老班长。我们都哭了，舍不得老班长走。老班长说："大家别哭了！我希望你们都要永远记住，你们是'梁士英班'的战士，人人都成为英雄，那我就放心了。"梁士英是我们的先辈、辽沈战役的战斗英雄。1948 年 10 月 14 日上午，总攻锦州的战斗打响了。我们部队是攻城的先锋，我们 8 连 5 班是攻城的尖刀班。梁士英就是我们班第一个攻上锦州城的战士。过了若干年，当我退伍后，去锦州寻访英雄遗迹，在辽沈战役纪念馆我瞻仰了英雄梁士英的高大铜像……

依然是萧瑟的秋风
不见了战争的硝烟
依然是攻城的突破口
不见了断壁残垣

一队队雁阵从长空掠过
那分明是一支支尖刀连啊
一声声凄厉的雁鸣
那分明是冲锋号声啊

排山倒海的炮弹尖叫着扑向锦州城

大地在颤抖
一团团巨大的蘑菇状的火焰
与秋阳交相辉映

弹雨倾盆
呼啸的狂风
戴狗皮帽子的战士们
都已经耳聋

军号员的冲锋号声
哑巴了
连长的军刀在日光下
熠熠生辉

滚滚的铁流
冲垮了号称铁壁铜墙的防线
一个雄鹰般的战士
把血红的军旗插上城楼

一阵爆豆般的枪声响了
一排排战士倒下
青春的血
染红了黑色的土地

英雄瞪着充满血丝的眼睛狠狠地

甩掉狗皮帽子
像猛虎一跃而起
迎着弹雨　向敌堡扑去

嗤嗤冒烟的爆破筒被塞进枪眼
瞬间又被推出
一个强壮的关东汉子的身躯
堵住了枪眼

铁流向前向前
不可阻挡
英雄凝望着布满弹孔的军旗
停止了呼吸

秋日的夕照给今天的锦州
镀上了一层金色
流水似的车流
是否还是当年的铁流

华夏三祖·黄帝

我们的祖先——黄帝
从哪里来？确切地说
黄帝的氏族从哪里来
这是未解之谜
至今，只知道他的氏族叫轩辕
轩辕，就是车辆
他们是最先以车代步的族群
这个氏族，又叫"有熊"
熊，是他们的图腾
显然，他们曾经以狩猎为生

据说，他们从西部迁徙而来
到达河西停止了脚步
他们看到了一条巨龙——黄河
不可逾越，没有渡河的舟船
黄河，让这个族群震惊

河西，那里草肥水美
他们变成了牧羊人
过了不知多少年
这个有马车的部落
发生了分裂

他们的一支兄弟
走向青藏高原

他们有共同的肤色——黧黑
他们有共同的脸型——国字脸
看看，张艺谋和降央卓玛
不用怀疑，汉藏同源
黄帝的一支兄弟留在了高原

我到兰州看到羊皮筏子
我忽然想到，我们的伟大的先祖
很可能就是乘坐这最原始
也是最可能渡过黄河的舟船
到达秦川平原、黄土高原

从兰州到临洮，有个村庄叫马家窑
八十多年前，考古有了惊人发现
地下埋藏着一座村庄和墓地
出土了精美的彩陶、石器
黍和粟的谷物，是农耕的收获
不是妇女的采集
羊、狗、猪的遗骨
来自养殖而不是狩猎
五千七百年前的轩辕氏族
已经渡过了黄河
从牧羊转为农耕的生活

更让人震惊的是，出土了青铜刀
同时代的东方，还没有这样的兵器
我想像马家窑就是黄帝族的故居
他的战车上高扬着黄色的旌旗
旌旗上绣着图腾熊罴
飞驰的战车骁勇无比，所向披靡
黄土高原上的各个部落
纷纷拥戴轩辕氏的酋长为黄帝

再向东，进入华北平原
黄帝与炎帝决战于阪泉
黄帝率领熊、罴、狼、豹、貔、虎六部军队
摆下七星阵与炎帝斗法周旋
以突然袭击的战法活捉炎帝
黄帝、炎帝促膝长谈
化干戈为玉帛
两大族群从此融合
华夏儿女绵延到今天

华夏三祖·炎帝

我曾经去赤峰，拜访我们的祖先
因为那里是华夏族的另个起源^(注)
九女山，红色的山
那里的山脉富含铁矿
铁，氧化了，就是红山
那里的考古发现，就叫红山文化

文明的起源，不是偶然
红山文化遗址多处发掘出玉龙
猪头龙身，玉猪龙
还有石头堆积的石龙
这里才是龙文化源头
这里的居民才是第一代龙的传人

流经这里的大河叫西辽河
它的支流是西拉沐沦河、大凌河
这里的南方是燕山
所有的远古文明都与山河相关
这里的土地是黄沙土，土性疏散
这里出现最早的农耕文明
七千年

这个道理很简单
木头和石片制作的耒耜
不能在太粘性的土壤耕耘
炎帝的氏族叫神农
他比轩辕氏更早进入农耕文明

这里出土了女神庙
还有女神的陶俑，有学者说
那就是女娲、女娃
传说有了实物的见证
女娲是伏羲的妻子
女娃是炎帝的女儿
炎帝、女娃都是伏羲的后人
伏羲、女娲，人首蛇身
蛇，就是龙图腾的原型
猪，是红山人驯养的家畜
是不可缺少的家庭食物
所以，出现了玉猪龙

伏羲、女娲是华夏族最早的祖先
因为，只要是黄皮肤
都是女娲用黄土捏出的泥人
传说，女娃去东海游玩
不幸溺水而亡，为复仇
她化作精卫鸟填海造陆，向海神宣战

也许女娲没有死，而是出嫁到了东夷
东夷人，以神鸟为图腾

从辽西到燕山再到黄土高原
是神农氏族后来的扩展
燕山之南，华北平原
再向南，是河南
华夏文化的摇篮
是神农氏族新的家园
我推断，生活在华北和中原的
神农族，旗帜火红
上面绣着猪龙的图腾

多年前，我去考察半坡遗址
西安市东郊，浐河东岸
四千八百年前，那里有四十六处农家院
发掘出的石器，囊括了古代所有的农具
唯一没有发现青铜器。那里的农人
处于女系社会晚期，显然不是马家窑一系

从半坡向东不足千里
就是河南渑池，仰韶文化遗址
半坡文化，就是仰韶文化分支
奔涌向东的黄河啊
养育着炎帝族生生不息

注：古籍中，记载炎帝族起源于宝鸡地区的古姜水。但自从发现红山文化遗址后，我认为，炎帝族起源于辽西红山地区。炎帝族在燕山南麓的阪泉、涿鹿先后与黄帝族、蚩尤九黎族发生争夺领土疆域的战争不是偶然的。燕山南北是炎帝族的势力范围。后来，炎帝族进入中原。龙文化，是炎帝族的文化。

华夏三祖·蚩尤

蚩尤，也是中国人的先祖
一直到周武王灭商的时候
蚩尤的子孙，还是周武王的盟军
被商纣王差点灭族的东夷人

夷，就是身背弨箭的人
后羿、蚩尤，东夷人的圣人
传说中的蚩尤红发、牛首、背长双翅
身材高大、剽悍、铜头铁臂
是东夷九黎族的首领

夷人来自何方，自古众说纷纭
有人说，他们是高加索人种
有人说，他们是东亚蒙古人种的祖先
有人说，苗人、越人也是他们的子孙

当黄帝族进入中原的时候
东夷人早在黄河中下游扎下了根
他们已经不再专以狩猎为生
以山东龙山文化考古为证
东夷人也已经进入农耕文明

从大汶口到城子崖
精美的黑色陶器让考古学者惊讶
它明显有别于炎黄族的彩陶文化
薄如蛋壳的陶器，泛着漆黑的光华
全世界远古陶器唯此一家
——黑陶文化

在燕山脚下，河北的涿鹿
炎黄联军与东夷的蚩尤决战
蚩尤战死，至今仍有遗迹
蚩尤坟、蚩尤三寨、蚩尤泉、八卦村
从此，人群分为百姓、黎民
百姓，是炎黄族的百余部落
黎民，是战败为奴隶的九黎人

据说，战败后的九黎人
有一部分迁徙到江淮
与当地的土著融合，成为三苗的祖先

当代基因考古证实
东夷人确有高加索人种的基因
所以，现代山东人仍然身材高大魁梧
与蒙古人明显不同
但是，我华夏民族融合
才是我大中华不断壮大的特征

雷锋颂

雷锋，你那张穿着军装擦车的照片
在时间长河中定格
在生命瞬间化作了永恒

雷锋，你那张开推土机的照片
成为钢都百万人永远的记忆
成为你是鞍山人的见证

雷锋，你虽然在鞍钢工作 405 天
而你的足迹却遍布钢都的每一寸土地
你平凡又伟大的精神被一直传颂

雷锋，鞍山因为你而光荣
你是一万名英模的代表人
你短暂的生命已经融入这座英雄的城市

雷锋，你的学生是郭明义
是同一个老红军把你俩送去当兵
郭明义是新时代的雷锋

雷锋，你是道德与力量的化身

你感动了一代又一代青年先锋
鞍山有成千上万个雷锋

雷锋，生命不在长短
哪怕是划过夜空的流星
只要尽情地燃烧自己，就获得了永生

天山雄鹰和马兰草的故事（叙事诗）

题记：谨以这首诗献给现役和退役的人民解放军战友，献给新浪网友。

上篇

这个故事不是传说，而是
一曲天山雄鹰的赞歌

一支工程兵部队修建天山公路
两名战士奉命进山执行任务

突袭的暴风雪封堵了战士的归途
野狼的长嗥拉下夜的帷幕

两名战士变成了雪人
没膝的积雪迈不开半步

焦急与饥渴耗尽了他们身体的热量
仅剩一个馒头二人互相推让

小陈，你吃！这是命令

班长小郑让出的是自己的生命

天山的雪峰闪烁黎明的光芒
小陈、小郑都已经冻僵

郑班长只剩一口气息，他用尽力气说
小陈，替我去看看我的父母

不知多久，小陈躺在病床上
刚刚苏醒就喊："郑班长！"

郑班长长眠在天山，他化作
展翅的雄鹰翱翔在蓝天

下篇

这个故事不是传说，而是
一曲天山马兰草的颂歌

小陈退伍回到家乡
常常夜不能寐思念班长

班长的嘱托他念念不忘
最懊恼的是班长家乡地址不详

又赶上老部队裁军整编
认识老班长的战友们全部复员

班长嘱托重于泰山
自责与思念恰似油火熬煎

就在那一天，他向妻子发下誓言
辞去工作上天山，守护烈士陵园

我的生命是班长让给我的
我不能在一生中留下遗憾

烈士墓前多了一间茅草棚
他和妻子女儿当上了守墓人

一晃三年，守墓誓言兑现
小陈长跪班长墓前，涕泪连连

对不起你啊，郑班长
看望双亲的嘱托我没能实现

一只雄鹰在头顶盘旋
那是郑班长和他相见

一个念头涌上心头

我应该用一生为班长守候

一晃三十年，天山依旧往日容颜
小陈变老陈，老陈化作烈士墓前的马兰

青青的兰叶，紫色的小花，淡淡的幽香
永远，永远，扎根绽放在天山

雪狼的葬礼

在寒冬的悬崖下
一只雪狼倒下了
它中了猎人的暗枪
雪地上一片殷红

妻子舔着它肋部的伤口
时而引颈长嚎
似哭声，似求助声
传遍银白的凄凉的旷野

陆续来了一群狼
围着它不停地转圈
低沉的呜咽
期盼的眼神

它永远不能站立了
血色的眼睛滚出晶莹的泪
喉咙发出最后的一声叹息
群狼悲壮的吼声是庄严的葬礼

解 构

蜜蜂会筑巢
几亿年前的故事
从洞穴中走出来的人
斫木为屋
人不满足
有了高楼大厦
结构不断变化
结构就是对存在的解构
也可以说是破坏

蜂巢还是老样子
人的巢
我们已经不认识
我们的使命是什么
很简单
像蜜蜂那样
人人有巢

我们其实比蜜蜂的优势
就是解构
不满足现状
创造未来

火烈鸟的传说

火烈鸟像一团火
传说，生长在楼兰古国
小火烈鸟一旦羽毛丰满
就会翱翔长空
向南飞，向南飞
飞过千山万水
飞到火焰山
它扑向天火，把自己点燃
带回的火种献给楼兰王
然后，在天翼山化为灰烬

青竹，青竹

青竹，青竹
我第一次认识你
你是一双筷子
母亲教我用筷子吃饭
从此我不再喝她的乳汁
父亲用筷子敲我的头
好好吃饭

青竹，青竹
我第二次认识你
你是一根扁担
爷爷用这根扁担
挑着父亲和姑妈闯关东
金黄而油亮的你
见证了历史沧桑

青竹，青竹
我第三次认识你
你是一把扫帚
我用扫帚清扫学校的操场
老师夸我是小雷锋

我骄傲地捋捋红领巾

青竹，青竹
我后来认识你
你是郑板桥笔下的君子
羸弱的你
透出耿直正义的风骨
还配上一句
难得糊涂

青竹，青竹
我用一生认识你
我赞美你的无心
而不是糊涂
因而
你甘愿变成平凡的筷子、扁担、扫帚

山娃子（组诗）

一、记得那一年

记得那一年
是个多雪的冬天
有一个山娃子
走出了大山

记得那一天
他挥挥手向双亲道别
我走了
我已经成年

记得那一刻
两行热泪冻成了冰串
回望那袅袅炊烟
不知是何年

他的行囊很沉很沉
脚下皑皑的雪路无限延伸

二、山语

童年的我
问了一个傻问题
山的那边是什么？
哦，还是山。爷爷说
听说还有海和平原
咳，很远很远
我能离开这大山吗？
能，等你长大以后

三、路在何方

山娃子走出了大山
眼前是一望无际的平原
春风吹拂他的面颊
飞舞的蝶与花让他迷乱

他回首眺望那蓝色的依稀山峦
发出一声感叹
为什么我要离开家园？

你是行者
生命的意义就是探险
不能停下脚步

这里不是你旅行的终点

迎面走来一位花仙子般的姑娘
哥哥，你往哪里去？

我不知路在何方
身心已经疲倦
前面有一家驿站
那里是你休憩的港湾

四、与先哲的对话

大海啊
你让我的心灵得到净化和沉淀
山娃子面向苍茫的海
一声大喊

大海没有回声
一切的声音都被涛声消融
他感到孤独和无助
怆然滴下泪水

恍惚间
从蓬莱仙山飘来一位长髯老者
他说：知者乐水，仁者乐山

你希望像水一样智慧
还是像山一样仁厚？
只能选择一项
不能鱼和熊掌兼得

我是山的儿子
我更爱大山
哦，你的行者之旅有了答案

五、行者的路

生命没有终止
旅行就没有终点
至于山娃子走向何方
不是他的目的

山娃子双鬓染霜
行囊已空空荡荡
迈出更坚定的步伐
毅然走向远方

行，是他的宿命
智，是他的追求
仁，是他的理想

行者的路
从海转向蛮荒
他愿在那里把自己埋葬

六、回望旧时光

追忆已成往事
青春不再回来
假如能把童趣留下
我愿时光倒转

童年的记忆虽然已经模糊
而那山、那水、那人
成为雕像
永驻我的心田

假如还有来生
我会留在那山里
永不留恋
那繁华、喧嚣与虚荣

回望旧时光
我已泪流满面
追忆我的梦中山
山风敲打我的心弦

你一步步走近我们

你离开我们很久了
然而，你一步步走近我们
走进我们的心里
从来没用过的亲切

无数的人引用你的名言
枪杆子里面出政权
可是，你一生不配枪
你禁止杀戮和虐待
放下枪的敌人
你把汉奸、军阀、末代皇帝
改造成新人
你是
大慈大悲的人

你颠覆人类几千年的历史
解放了四万万奴隶
并且让他们成为新社会的主人
你让这个新中国
没有了贵族
没有了地主

没有了贪官污吏
我们知道，你的理想是
建立人人平等的社会
你才是
真正的人民领袖

你的理想之树
深扎在中华的沃土
你希望六亿神州尽舜尧
你教化人民
做一个高尚的人
一个纯粹的人
一个有道德的人
一个脱离低级趣味的人
一个像愚公那样
坚韧不拔的人
你活着的时候
从乡村到城市，曾经一度
夜不闭户，路不拾遗
所以，你的理想之树常青

你是大山的儿子
你一生钟爱山
一生与山结缘
革命的摇篮是井冈山

你统帅的革命军队
踏遍祖国的万水千山
你遥望昆仑山，吟唱
安得倚天抽宝剑
把汝裁为三截
一截遗欧
一截赠美
一截还东国
太平世界
环球同此凉热
你的心就像巍巍昆仑一样
宽广仁厚

你乳名石三伢子
你的意志如大荒山上的石头
嶙峋支离，坚硬无比
在强大的敌人面前
在国际霸权面前
你从来没有奴颜媚骨
你一直在战略上藐视敌人
哪怕是敌军围困万千重
我自岿然不动
在革命还是星星之火的时候
你就预见到烈火燎原的明天
你不仅是强者，还是智者

智者无敌
你是前无古人后无来者的
战略家。你善于
以弱胜强，以柔克刚
你是中国近代史上
第一个打败世界头号强敌的
最高军事统帅
你还点燃了亚非拉
民族独立的烈火
使殖民主义瓦解
你是被压迫民族解放运动的
一盏指路明灯

你一生与人民同甘共苦
你曾经为消灭血吸虫
惊喜得夜不能寐
也曾经因灾区百姓逃荒讨饭
而深深自责，默默流泪
还曾经为乡村贫困的教师
寄去三百元
聊补无米之炊
你不爱钱、不摸钱
没有遗产留给子孙
留下的只有艰苦朴素的精神
你是和我们一样的人

几千年的王朝更替啊
皇帝像走马灯
其兴也勃焉 其亡也忽焉
在延安的窑洞里
你和黄炎培对话历史周期律
黄先生忧心忡忡
你说 我们党找到了
跳出历史周期律的办法
那就是民主
让人民监督政府
你亲手设计的人民民主制度
不断巩固和发展
奠定了民族伟大复兴的基础

你，曾经被你的敌人
诅咒、诽谤、攻击
你毫不在意
为了实现共产党人的终极理想
你宁肯自己粉身碎骨

你，离开我们很久了
但是，我现在才真正感知到
你的思想的确是不落的太阳
只要社会还有不平等
你的思想就会永放光芒

地火在升腾

我听到了
地火涌动的声音
低沉，可怕的次声
在万米以下的地层

我似乎看到了
火红的岩浆
相互挤压
上下翻腾

那翻腾的岩浆
像痛苦的挣扎
又极度的愤怒
在愤怒中撕裂

一个深夜
人们熟睡的时候
地火冲开断裂层
冲向苍穹

次声变成巨大的轰鸣

大地在颤抖中苏醒
那喷薄的火柱
像礼花照亮夜空

在火山喷发的瞬间
一切都灰飞烟灭
我只能期待着厚厚的灰烬下
万物再生

太阳城，我的梦

　　题记： 这首诗以我与托马斯·康帕内拉对话的形式，表达了个人对理想社会的思考。康帕内拉（1568～1639）意大利文艺复兴后期的哲学家，作家。1568年9月5日生于意大利南部。1591～1597年，因反对天主教神学3次被捕，先后坐牢6年。1597年12月获释。被勒令返回故乡后，因参与领导南意大利人民反对西班牙哈布斯堡王朝统治的斗争，于1599年9月被西班牙当局逮捕，度过27年的监狱生活。1628年7月获释后，继续参与组织家乡人民的反西班牙起义，不幸又因叛徒告密而失败。1634年10月逃亡法国。1639年5月21日卒于法国巴黎。他的代表作是在狱中创作的《太阳城》，以一位旅行者的经历描绘了他心中的没有剥削没有压迫的理想社会。

　　一缕阳光
　　穿越铁窗
　　照进黑暗的牢房
　　牢房洞开
　　一条洒满阳光的路
　　通向太阳城邦

　　披散着灰白色长发的
　　康帕内拉

挣脱身上的铁枷
迎着温暖的光华
逃出地狱般的那不勒斯
飞向他的理想之家

我，作为时间旅行者
闯进天堂般的太阳城
在光芒四射的
太阳城广场
拜见了五百年前的
康帕内拉

我说，我来自遥远的东方
那里有黄河长江
先生的太阳城
不再是人们的理想
他们批评你的太阳城
是乌托邦

托马斯先生说，理想本身
就是乌托邦
人类有梦有理想
才有未来的希望
与其在罪孽之海中沉沦
不如去寻觅光明的

乌托邦

我说，二十一世纪的某些人
似乎已经没有梦想和理想
金钱是唯一的信仰
它是人际关系的润滑剂
它是撬动历史车轮的杠杆
它是通向权力与财富的桥梁
可以用它购买
荣誉、地位、美食、美色
人的性命，阎王的生死簿
还能让小鬼去推磨

托马斯先生说，舍弃理想
购买罪恶
是人类的自我毁灭
金钱似乎能购买一切
但是，不能购买爱
友情、信任、理性和良知
金钱奴役下的人
必将在抢夺与杀戮中
把地球变成地狱

我说，太阳城有什么好
我在人间找不到

先生说，它在人们的心里

每个人都深藏着理想和崇高

我们都渴望

没有国王

没有骑士

没有领主和奴隶

没有暴力和黑狱

没有穷人

没有富人

没有产生罪恶的

私有制

人人享有权利平等

人人享有良好的教育

人人都是劳动者

人人在劳动中

享受幸福和尊严

我说，太阳城有官吏吗

托马斯先生说，这里只有

四个公民勤务员

领袖叫太阳

他住在教堂

他有三个助手

一个管理爱

一个管理智慧

一个管理力量

我说，太阳城
可能是未来社会的榜样
但，现在还不行
尊敬的托马斯先生
我明白了
只要太阳没有熄灭
太阳城就会
永放光芒

致马丁·海德格尔

有一位网友
博名"海的割耳"
我于是想到
海德格尔
我曾经的偶像啊
你在哪里存在

我在时光隧道中
见到蓝眼睛的日耳曼人
海德格尔
我早就知道他
希特勒的信徒
存在主义大师
八十年代的文学青年
不知海德格尔
那是白痴

我见到的是骨瘦如柴的
海德格尔
你的《存在与时间》
迷倒了中国三十年前的青年

他愕然。罪过罪过
那是一派胡言
我现在死了
只存在于过去的时间
而时间照常运转
我只是时间的产物
我到了时光隧道中
才真正明白
不论我存在不存在
也不论人类存在不存在
时间永不改变

我说，是啊
你的元首想征服世界
以他的奋斗改变时间
可是改变的是日耳曼
埋葬党卫军的也是时间
不要太狂妄了
人在宇宙中
不过是一粒尘埃

人的存在
只不过是尘埃存在的
一种方式
我们不过是宇宙中的

碳水化合物
还有无机的金属
我们生自土
又回归于土
狂妄的存在主义
也会归于泥土

天 使（叙事诗）

按语： 这首叙述诗，综合多位战友的故事，进行艺术再创作。非本博主亲身经历。

拂晓，炮声震颤大地
火光照亮天际
碾过工程兵铺设的舟桥
坦克群扑向敌人阵地

我只看到山顶上猎猎红旗
之后我陷入昏迷
当我醒来的时候
我看到了天使

灿烂的阳光
雪白的墙
淡淡的药香
花儿一样的脸庞
让我慌张

我在哪里
你在医院里

为什么
你负伤了

你已经昏迷三天了
你战胜了死神
祝贺你
从今天开始，我护理你

她伸出纤细而柔弱的手
轻抚我的额头
一股温暖的电流
撞击我的心

我似乎说了什么
但没有声音
我只感知脸颊凉凉的
唔，可能是泪滴

我可能是在梦里
她是我梦里的天使
从此，我的天使
每天都在太阳升起的时候
来到我的身边

当我真正苏醒的时候

我陷入了绝望
我的一条腿哪去了
我虽然仍然感知它的存在
为什么裤腿空空荡荡

她用白手帕拭去我的泪水
翻开一本书，开始朗读
《乞力马扎罗的雪》
我再一次看到天使

窗外，木棉花像火一样燃烧
星星般的大眼睛饱含着微笑
她说，我们赏花去吧
好啊，我第一次爽朗地大笑

她推着轮椅
轻轻地说
我明天就去前线
这太突然
心中涌起莫名的情感
沉默无言
她咯咯笑起来
我会回来看你
但我不希望你还在医院

又是满山红透的木棉花
我到烈士陵园去祭奠她
我的天使啊
她突然出现在我的面前

问 莲

青蛙在莲叶上跳跃
绿颈鸭悠闲地在湖中滑行
鸣蝉躲在梧桐叶后聒噪不停
我在湖边垂钓

忽听有人吟唱《爱莲说》……
睡莲的绿裙子浮在水面
鱼儿不上钩
我有点心烦

睡莲啊
你是洁身自好
出污泥而不染
还是污泥养育你的娇艳

远去的白帆

我伫立江岸
眺望江心的游船
飘逸的红纱巾
向我召唤

在时光隧道的那一端
有我的身影出现
麻布的紫衣衫
背上斜挎一把油伞

我似乎要去江南
在码头等待渡船
纤夫的号子声
渐近还远

我是谁
为什么去江南
看样子我非常焦急
从拥挤的人流中
最先跨上拖船

我目送我
影像清晰的紫衣衫
还有那
远去的白帆

刺耳的汽笛声
将时光隧道阻断
痴痴地望着浩荡的江水
我还回味那远去的白帆

湟水与塔尔寺

湟水，我不知她的源头在哪
清澈，泛着白光，湍湍地流向远方
她是少女，没有蒙尘的纯真

沿着她飘逸的纱巾前行
群山环抱着神秘的塔尔寺
依稀听到狮吼的长号声

第一个戴上黄帽子的宗喀巴
种下了塔尔寺的第一株菩提树
我在树下静思

注：宗喀巴，藏传佛教格鲁派（黄教）创始人，生于1357年，圆寂于1419年。其出生地是青海湟中县。十五世纪初，正是明朝初年，他发动藏传佛教改革运动，革除积弊。其改革的标志性事件，是号召僧侣把僧帽翻过来戴，僧帽的里子是黄色的，故称黄教。第一世班禅、达赖是他的徒弟。

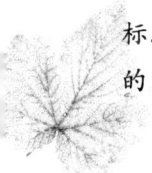

菩提树下

宗喀巴种下的菩提树
很久了，在我心里生长
我，曾经在树下静思

佛陀，你拯救众生究竟是为了什么
一位伟大的思想者说
让觉悟者，毫无自私自利之心

而我思考的结果
毫无私心，这是圣人的理想
众生，都有私心
少一点私心还是可以的
佛陀啊，这算不算自我拯救

启明星，我心中的明灯

有一位诗人
把天上的群星比喻为
街市的灯火
我把那颗最亮的启明星
看作是我心中的明灯

启明星
它是黑夜的眼睛
当它最闪亮的时候
不久就是黎明

我把它从天上摘下来
放在我的心里
我就拥有了永不熄灭的明灯
从此 我不再害怕暗夜
不怕暗夜里的鬼魅
我高擎着光明前行

最痛，致失败的英雄

你爱的人是叛徒
你信任的人是小人
你依靠的人是懦夫
你被亲朋围剿
你即使打败他们
你的心
仍装满了痛
而你是失败者
你的痛可能伴随一生
这就是最痛

当你忍受着这刺心的痛
在炼狱中接受冶炼
让灵魂升华到永恒
你就是真正的英雄

我在时间坐标上等你

我不知道时间何时开启
我知道时间没有终点
你我他
都是时间的过客
我生了
我灭了
在时间坐标上
你我他
永远存在
今生没有聚首
不必遗憾
你可以在时间坐标上
向前向后寻找我
我在另一个时间
等候你

铁 匠

据说，他的先祖
给努尔哈赤的骑兵打过马掌
乡亲们都叫他铁匠张
铁匠铺坐落在村东小溪旁
清晨就传来打铁的声响
叮叮当当，叮叮当当

焦炉喷射着火舌
时而红光，时而蓝光
小张不停地拉动炉底的风箱
老张有节奏地挥动铁锤
翻来覆去敲打砧墩上的材钢
红红的材钢像面条
一会儿变成镰刀
一会儿变成马掌

老张一天天变老
小张一天天变得粗壮
记不得是哪一年
小张开始挥锤打铁
老张开始拉风箱

叮叮当当，叮叮当当
永不歇息的铁匠张

终于有一天
消失了打铁的声响
老张长眠在山冈
小张背井离乡
打工在城市的钢铁厂

空房子

寂静的街巷
没有牛羊
没有鸡鸭
没有放学归来的山娃娃
只有老槐树上的鸣蝉
一阵阵悠长地拉呱

田六叔哪去了
王姨和大丫蛋呢
瘸拐李和他的儿子小虎呢
萨满大神刘大头
铁匠铺的张大伯
眼镜校长周老师呢

有人吗
后山的岩壁传来我的回声
东倒西歪的柴门
回答我，这里空无一人
突然，空房子窜出一只猫
惊恐万状
逃之夭夭

早已废弃的水井旁
一位驼背老汉打水浇菜
我不认识他
他不认识我
这街上的人呢？我问他
都进城了。他回答

故乡啊
你正在渐渐失去
也许在不远的将来
你只存在我的记忆里
我的梦里

最后的猎人

猎人
我忘记了你的姓名
却牢记住你的身影
在茫茫的雪原
无边的白桦林中
你踏雪独行

你身背长筒猎枪
头上的皮帽子
永远是翻卷着帽耳朵
开花的黑棉袄没见你缝补过
硬邦邦的牛革靰鞡鞋
踩在积雪上
发出咯吱咯吱的响声
像最简单的音乐

我常常看见你两手空空
一无所获
而你在那漫长的冬季
从未和男人们围坐火炉
至于收获你根本不在乎

打猎就是你的生活

只有一次
我看见你猎获一只狍子
扛在你的肩上
像凯旋的英雄哈哈大笑
到家里吃肉啊
一个也不能少
喝酒吃肉，从黄昏到黎明

自从那一天
我再也没有看到你
你是女真最后的猎人
而我梦中的故乡啊
你第一个走进我的视线

永远的罗宾汉

苍老且孤独的橡树
有八百的年轮
静静地伫立在
诺丁汉的舍伍德森林
它是一个忠诚的卫士
永远等候自己的主人
橡树活着
主人就能永生

它的主人叫罗宾汉
在它一百岁的时候
一个叫罗宾汉的青年
背靠它的躯干
射出最后的一支弩箭
命中约翰王的税务官
一对蓝眼睛
怒视着苍天

英格兰的狮心王
战死于十字军东征
他的弟弟约翰

夺取政权

贪婪的约翰王

横征暴敛

农民的粮食被抢劫一空

广袤的田园

荒芜一片

东征归来的罗宾汉

故乡没有炊烟

惊飞几只孤雁

他受牺牲战友的委托

送还其父亲的宝剑

却意外邂逅战友妻子

玛丽昂

为了保卫家园

玛丽昂把丈夫的宝剑

赠予罗宾汉

在那棵橡树下

罗宾汉召集他的战友

发下誓言

战斗吧

反抗暴君约翰

从此，舍伍德森林

啸聚一批绿林好汉

就如宋江的梁山

他们的口号
保卫英格兰
保卫家园
铲除约翰
战斗一次次胜利
令约翰的骑士胆寒
罗宾汉的弓箭
百步穿杨，绝不虚传
罗宾汉啊，罗宾汉
七百年后的英格兰
你仍然是偶像好汉

舍伍德森林有你的
博物馆
那山，那水，那树
都与你的名字相联

注：这首诗是我根据英格兰民间传说的再创作，不是史诗。

青春的铜像

晨曦
给宝塔山披上了彩衣
延河水
静静地流淌
我在河边徜徉
一组雕像
又一组雕像
凝固了我的目光

战马低吟
戎装的抗大学员
即将奔赴战场
姑娘们送别情郎
晚风吹动女战士的秀发
明眸中闪着泪花
纤手轻拂勇士的胸膛
他的双肩无比坚强
她说，胜利属于我们
他说，等候我的捷报

月光

记录了这难忘的瞬间
这瞬间铸成了铜像
这青春的铜像啊
永远伫立在延河岸上

太阳花，我心中的花

秋，悄悄地来了
夏，在无声中去了
我梦中的家乡啊
最难忘的向日葵
如太阳一样金黄

童年的时候
我叫你太阳花
你的花瓣
就是太阳的光华
你沉甸甸的花盘
围绕着太阳旋转
那一颗颗籽粒
是太阳的黑子吗
假如葵花籽是美食
黑子可怕吗

太阳花
我心中的花
久违了，我
恨不得插上翅膀

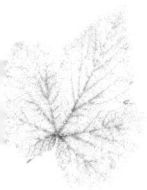

飞到你的身旁
让我的灵与肉
朝着光明飞翔

别了，传奇英雄卡斯特罗

你走了，平静地走了
你一生经历数百次对你的暗杀
你仍然奇迹般活下去了
直到九十高龄向你的上帝报到

你是世界上唯一蓄着大胡子的领袖
你是最后一个离开世界的
游击队员、抵抗者、玻利瓦尔
你的胡子，是 19 世纪白人美男的象征
你的雪茄，是拉丁美洲人的"范儿"

你是奇迹，在美国后院
建立一个独立自主的新国家
不在头号帝国强权统治之下
要知道，20 世纪的强国
统统拜倒在美国膝下

菲德尔 · 卡斯特罗
你的离去是革命时代的终结
也是理想主义之火的最后熄灭
未来的世界走向何方

互联网让民粹主义疯狂
别了，传奇英雄卡斯特罗

春雨·野火

春雨，天的甘露
雨降成水，浇灌新的生命
春天来了，我听到了
春雨归来的脚步声

野火啊，太阳的使者
把死亡的一切烧掉
给新生命施肥
然后，熄灭了自己

白桦林中的足迹

我穿行在白桦林中
去寻觅抗联先辈的足迹
白桦树啊，你可知晓
这是靖宇将军走过的路吗

我穿行在白桦林中
仿佛听到隆隆的炮声，爆豆似的枪声
依稀看到那猎猎的军旗
血一样鲜红

我穿行在白桦林中
多么想问您，是如何在百万关东军的
围剿下坚持抗战十几个寒冬
您牺牲的时候，胃里只有草根和絮棉

我穿行在白桦林中
真的难以想象您的意志
雪松一样的顽强，白桦一样的挺拔
乌拉草一样的柔韧

我穿行在白桦林中

多想见到您战斗的身影
当我还是军人的时候，我在
通化纪念馆见到过您的毛瑟枪

这是战士必备的武器
我知道，这把手枪射出的
最后一颗子弹是对准叛徒的
您死在汉奸手里是最大的不幸

其实，我们民族不幸的历史事件
哪一次不是汉奸的出卖
而我反思，为什么我们的民族
盛产汉奸

我穿行在白桦林中
假如我提前 30 年出生
是不是可以成为您的战士
我想，很可能

撕 裂

对有些人是噩梦
对有些人是理想

对有些人是压迫
对有些人是天堂

对有些人是浩劫
对有些人是新生

对有些人是恐惧
对有些人是战场

对有些人是自由
对有些人是奴役

对有些人是暴富
对有些人是凄凉

在这撕裂的社会啊
何时有共同理想

中国梦

题记：前天是"五四"运动纪念日，这是个值得纪念的日子。"五四"运动接近百年，它对中国现代社会的走向，毫无疑问起到了重要影响。但是，至今中国人对它的认识仍然分歧很大。而我觉得，"五四"运动的缘起是什么，却被人们忽略了。试问，假如中国在近代史上没有遭遇西方帝国的侵略和奴役，中华民族没有面临亡国灭种的危险，会发生"五四"运动吗？

黄河、长江是我们的母亲河
黄河、长江，母亲啊
您的子孙生生不息

母亲啊
您的子孙，今天仍然是
黄色的皮肤，黑黑的眼睛
五千年没有亡国灭种
而西亚的幼发拉底河与
底格里斯河文明
早已消失在浩瀚的沙漠中

母亲啊
您的子孙曾经拥有的

与他们失去的，都不再重要
重要的是未来

未来的最强音是
中国人民从此站起来了
我们不再是列强的奴隶

未来的宏伟目标是
中国应该对人类有较大的贡献
我们必将是世界第一强国
中华文化必将走向世界
这，就是我们的梦，母亲的梦
中华复兴梦

后　记

——献给母亲的诗

（这篇散文发表于《辽海散文》杂志 2013 年第二期。）

　　我创作《山娃子》组诗纯属偶然。2011 年 11 月，我从工作岗位上退休。闲暇的时间多了起来，这促使我向年轻人学习，先后在几家知名网站开了博客。最初，在博客中发的文章主要是政论性杂文和时事评论。开博半年后，一天我在网络上看到一位名叫子非的网友发表的一首新体诗《旧时光》，让我十分感动。是啊，每个人都有自己的旧时光，而那旧时光，让人无限怀念。特别是人到了退休的年龄，眼前的事往往忘得快，偏偏是童年、青少年时代发生和经历的事，反而历历在目，就像昨天发生的事情。我很久没有感动或激动的心绪了，而这天读一首青年诗人的诗作，却激动不已。读着读着，我的诗就出现了，而这时我已经泪流满面，不能自控⋯⋯

　　《回望旧时光》：追忆已成往事/青春不再回来/假如能把童趣留下/我愿时光倒转/童年的记忆虽然已经模糊/而那山、那水、那人/成为雕像/永驻我的心田。

　　假如还有来生/我会留在那山里/永不留恋/那繁华、喧嚣与虚荣/回望旧时光/我已泪流满面/追忆我的梦中山/山风敲打我的心弦。

回忆旧时光，其实还是回忆母亲最多。人的一生最忘不了的人是母亲。她给了我生命，她哺育我成长。母亲生在有钱人家。我记得，我家的生活用具与别人家不一样，我家用的都是值钱的铜器和漆器，如铜锅、铜洗、铜炉、铜火盆……别人家都是土陶做的。这些东西是母亲的陪嫁品。姥爷是旧时代的知识分子。小的时候，我看到姥爷在炕柜上雕刻的篆书、楷书、行书，写的是"龙飞凤舞，花鸟文章"八个字。现在，想起来，那字写得很好，我是写不出来的。姥姥说，将来你能写出你姥爷那样的字，我就满意了。而我现在连字都不写了，只在电脑前打字。但是，姥爷24岁就因病去世了。母亲当时还没有出生。姥姥抚养母亲到18岁。这一年东北解放。由姥姥作主，母亲嫁给了父亲。父亲是穷人，是三代以上的穷人。太爷是河北人，燕赵之地，我的姓应该是以古国为姓。祖先，是逃荒到东北的。我推算是光绪年间。

母亲与父亲的结婚是新时代的必然结果。我认为，没有什么不好。但是父亲与母亲出身于不同的阶级，价值观、人生观的差异还是蛮大的，为此而常常吵架。譬如，父亲安于现状，留恋大山。他曾经于东北光复前夕在鞍山樱桃园铁矿当过矿工。家乡土改后，他立即返乡务农。然后娶妻生子，过着几十亩地两头牛，老婆孩子热炕头的生活，觉得很满足。他常说，哪地方都没有家好！而母亲则不满足现状，几次进城工作的机会都被父亲和姥姥阻止了。为这件事，母亲埋怨父亲几十年。

母亲有文化，读完了伪满洲国高小六年级。整个村子，她是最高学历了。印象中，她每天都捧着线装本的古书看，也看现代小说，直到她去世为止。她最爱看的书是《石头记》，等我能看书的时候，这本书丢失了。很遗憾。母亲的好看书，在家乡的女人中属于另类。她每天捧着书本读书，不知有多少女人斜眼看她，她似乎全然不知。幸亏有姥姥帮她做家务，否则家庭生活就难以维系了。

母亲爱读书，对我影响极大，自从上学后我就是个书呆子。为此，父亲对我很不满意。他一门心思让我学习农活技术，我却悟不进去。他责备说："看看你二叔家的小文子，人家样样农活都会干，你什么都不是，将来可怎么办？"小文子是我堂弟，比我小几个月，十岁左右，就能赶车、扶犁、播种、除草、施肥……而我则不服气地说："小文子学习成绩不好，我学习成绩是第一。"父亲摇摇头。母亲对我像她一样爱看书，深表满意，并批评父亲"目光短浅"。

母亲偏爱文学。小时候，刚上学第一天，老师问我："将来长大后想干什么工作呀？"我说："不知道，我妈没有告诉我。"放学后，我问母亲希望我长大后干什么工作。母亲说："我希望儿子将来考上大学，学文科，当一个作家、诗人、新闻记者。"

而后来呢？因为发生文革，我连高中都没有机会读，更谈不上读大学了。18岁那年我当兵去了，在那个时代是最好的选择了。不过，我是1969年年末参军，当时珍宝岛上空的硝烟还没有散去，中苏战争一触即发。我要去当兵，亲友们自然是反对的多。父亲、母亲的态度是即不支持，也不反对。到最后下决心时，母亲说："你还是出去闯闯吧！一辈子呆在山里头，和你爹就一模一样了。"离开家乡那天天气很冷，积雪很厚。追忆当时的情景，我写了一首诗，题目是《出山》。

记得那一年/是个多雪的冬天/有一个山娃子/走出了大山/记得那一天/他挥挥手向双亲道别/我走了/我已经成年/记得那一刻/两行热泪冻成了冰串/回望那袅袅炊烟/不知是何年/他的行囊很沉很沉/脚下皑皑的雪路无限延伸……

我的故乡在辽北山区，群山挡住了人的视野，仰望苍穹也没有辽远无垠的感觉。记得童年时，我与爷爷有过一次对话，现在我用《山问》这首诗作了真实记录。

童年的我/问了一个傻问题/山的那边是什么/哦，还是山/爷爷说/听说，还有海和平原……/咳，很远很远/我能离开这大山吗/能，等你长大以后……

走出大山，是母亲的期望，也是我的理想。我不想重复父辈的生活方式，而终老于大山之中。我参军四年后，到复员的时候了。一天，出早操，全连集合在操场上，指导员宣布团党委的任职命令，我被任命为通信连二排排长。这意外的惊喜，让我傻愣了半天。我提干了，要穿四个兜的军装了！那时，没有军衔，官兵的区别就在军装的衣兜多少，士兵是两个兜。后来，我先后在团部、师部、军部担任新闻干事，其工作性质就是随军记者。我在39集团军政治部工作时，进修了辽宁大学历史系历史专业。这既是工作需要，也是圆了自己的上大学梦。最初，我在解放军报、前进报等报刊发表新闻通讯稿件，我都精心剪裁下来，寄给母亲。让母亲分享我工作成果带来的喜悦。我的成长进步，算是圆了母亲半个期望。母亲也把我的作品给乡亲们看，我虽然没有看到母亲的笑容，但我知道她内心的滋味是甜的。在转业前，我当了两年师部宣传科副科长。一晃，十七年过去了。回首这段旧时光，需要记录的东西太多，不是这篇文章能容纳的。我用两首诗记录了我的心路历程。

《路在何方》：山娃子走出了大山/眼前是一望无际的平原/春风吹拂他的面颊/飞舞的蝶与花让他迷乱/他回首眺望那蓝色的依稀山峦/发出一声感叹/为什么我要离开家园？

你是行者/生命的意义就是探险/不能停下脚步/这里不是你旅行的终点/迎面走来一位花仙子般的姑娘/哥哥，你往哪里去/我不知路在何方/身心已经疲倦/前面有一家驿站/那里是你休憩的港湾。

《与先哲的对话》：大海啊/你让我的心灵得到净化和沉淀/山娃子面向苍茫的海/一声大喊/大海没有回声/一切的声音都被涛声消融/他感到孤独和无助/怆然滴下泪水。

恍惚间/从蓬莱仙山飘来一位长髯老者/他说，知者乐水/仁者乐山/你希望像水一样智慧/还是像山一样仁厚/只能选择一项/不能鱼和熊掌兼得/我是山的儿子/我更爱大山/哦，你的行者之旅有了答案。

1986年10月，我转业到鞍山工作。又一晃，20多年过去了。鞍山是我的第二故乡，在这里生活、工作的时间要比在故乡还长，如果把当兵在鞍山、海城的时间也加进去，四十余年矣！故乡的山水人情反倒不如鞍山这么清晰了。在鞍山，我虽然亲属少，但是曾经在一起工作过的领导、同事，却情同手足，给予我的关爱、支持、帮助、教诲，使我永生难忘。

退休，对我来说，又是一次人生转折。我的博客名字是自由关东行者（新浪网）、关东行者（凤凰网），取行者的名字，是因为我喜爱旅游，又含有苦行僧的意思。表现了我性格中的另一面。在博客中，我把退休后的心情和志向用一首诗作了祖露。

《行者的路》：生命没有终止/旅行就没有终点/至于山娃子走向何方/不是他的目的/山娃子双鬓染霜/行囊已空空荡荡/迈出更坚定的步伐/毅然走向远方/行，是他的宿命/智，是他的追求/仁，是他的理想/行者的路/从大海转向蛮荒/他愿在那里把自己埋葬……

《山娃子》组诗在博客上发表后，有许多网友给予我热情鼓励和支持，希望看到我更多的诗歌作品。有网友说："你很有诗人潜质，会成为诗人的。"其实，我在开博客前，没有写过诗歌，仅仅为了追赶当年年轻人的时髦，写过不少格言诗一类东西，博客中以《朝华拾掇》为题的格言诗，就是那时的墨迹，真正的文学作品以报告文学为主，在报纸杂志发表 30 多万字。这与我长期做新闻宣传工作有关。虽有收获，但自认为离作家、诗人的水准还差得远，辜负了母亲对我的期望了。转业后，我先在市委宣传部工作，人到中年时到国有企业和市总工会担任领导职务，与母亲的期望相去甚远了。我退休前是鞍山市总工会党组成员、秘书长。我一生平平凡凡，碌碌无为也！

网友的鼓励，对我固然是惊喜，但是我已是年过六旬的人了，还能圆文学梦吗？想到那仙逝的母亲，想到她的期许，我还是鼓起了勇气，开始创作诗歌，发表在博客上。半年下来，已经发表四十多首新体诗和古体诗，反响还不错，认识了好多诗人朋友。我将继续写下去，以告慰在天堂的母亲。